八月の銀の雪

伊与原 新
IYOHARA
SHIN

新潮社

八月の銀の雪◆目次

八月の銀の雪 5
海へ還る日 61
アルノーと檸檬(レモン) 111
玻璃(はり)を拾う 167
十万年の西風 209

八月の銀の雪

八月の銀の雪

抜け出せる気がしなかった。

何もかもが不快なこの季節から、永久に。

日付もそろそろ変わるというのに、外の蒸し暑さは和らぐ気配すらない。

面接でぼろぼろにされたあとなのに、帰る途中研究室の先輩に呼び出された。今までかかってやっていたのは、実験の手伝いだ。

八月に入ってからというもの、ずっとこんな日々が続いている。僕が絶望の淵で喘(あえ)いでいることなど、誰も気に留めない。そこへとどめをさすように、ひたすら鬱陶(うっとう)しい東京の夏が首を締め上げてくる。

環七(かんなな)通りに出入りする車が、この時間もひっきりなしに通る。トラックのクラクションに驚いたのか、街灯からアブラゼミが飛び立った。大学の正門を出て三分も歩いていないが、もうワイシャツが背中にはりついている。

上のボタンをはずそうとして、研究室でもネクタイを締めたままだったことに気がついた。舌打ちして乱暴にほどき、ねじれたまま合皮のかばんに突っ込む。だめだ。疲れて頭が回っていない。

西武新宿線の踏切をわたると、商店と住宅が並ぶ細い通りが続く。店舗のシャッターはどこも当然下りているが、駅からやってきた帰宅途中の人々がまだまばらに歩いていた。

クリーニング店の角で十字路を左に入ると、すぐにコンビニがある。ほとんど無意識のまま、そのガラス扉を押し開けていた。買いたいものがあったわけではない。アパートへ帰る前に立ち寄るのが習慣になっているだけだ。

都内にしてはゆったりした店舗で、入ってすぐ左側に五席ほどのイートインスペースがある。今座っているのは一人だけ。窓際に置かれた長いテーブルの一番奥に、若い男がこちらに背中を向けてスマホをいじっている。

商品棚のほうにも客の姿はほとんど見えない。ぼんやり店の奥へと進み、飲料コーナーに近づいていく。

その横の奥まった空間に、ふと目が留まった。トイレのドアの脇に、折りたたんだ段ボールの空き箱が数枚重ねて立てかけられている。いつもの癖で、その紙質を目だけで確かめるが、やはりろくなものはない。コンビニで丈夫な段ボールが手に入ることは、稀なのだ。

そのまま冷蔵ケースの前まで行き、扉に手をかけようとしたとき、レジのほうで誰かのいらついた声が響いた。

「違う違う、その横。ロングのほうだって。日本語わかんねーの?」

見れば、小太りの中年男がレジ奥に並ぶタバコを指差し、口を尖らせている。細い腕を伸ばしてその銘柄をさがしているのは、あの外国人アルバイトの女だ。

またあいつか。冷たい視線を向ける。相変わらず、使えないやつ。

アジア系で、年齢はたぶん二十代。黒い髪をうしろで束ね、化粧っ気はない。小柄で痩せているせいか、ストライプの制服がやけにだぶついて見える。

タバコのバーコードを読み取る彼女を横目に、冷蔵ケースの扉を開く。何気なくエナジードリンクを手に取ったとき、思い出した。店内の冷房のおかげで、脳が働き出したらしい。

明日、粗大ごみの収集を申し込んであったのだ。この区では、事前にごみ処理券のシールを購入し、廃棄する物品に貼って住居の前に出しておくことになっている。捨てるのは壊れたカラーボックスで、料金は四百円だ。

ドリンクの缶を棚に戻し、レジへと向かった。あいにく他に店員の姿はない。仕方なく彼女の前に立ち、ぶっきらぼうに告げる。

「粗大ごみのごみ処理券。二百円のを二枚」

「粗大ごみの……」細い眉を寄せて訊き返してくる。「何ですか?」

やっぱりだ。マジで面倒くさい。こんなやつに一人で店を任せるな。

僕は短く息をつき、さっきと同じ台詞を繰り返した。彼女は神妙な顔で小さく「ごみ処理券」と復唱すると、小走りでバックヤードに消える。

そこで誰かに教わったのか、戻ってくるなりカウンターの下の引き出しを開けた。中をあさって券をさがし始めるが、なかなか見つからない。いらいらしながら、その胸の名札にあらためて目をやる。片仮名で〈グエン〉とある。そう、そんな名前だった。

彼女がいつからここで働いているのか、はっきりしたことはもちろん知らない。僕がその存在を認識したのは、先月の中頃。そのとき僕は、この店で公共料金の支払いをしてから駅に向かい、ある企業の説明会に出ようとしていた。ところが、レジの彼女がひどく手間取ったせいで電車に乗り遅れ、説明会に五分遅刻してしまったのだ。

コンビニで働く外国人は、大半が日本語学校に通う留学生だとどこかで聞いた。たぶん彼女もそうだ。ここのイートインスペースで日本語の教科書を開いているのを見たことがある。だが、客の言うことにろくに返事もしないところをみると、まだ初学者同然なのだろう。

彼女はやっとごみ処理券の束を見つけ出した。そこから二枚ちぎってレジに通し、領収印を押す。お待たせしました、のひと言もない。最後にレシートを差し出しながら、抑揚のない声で「またお越しくださいませ」とだけ唱えた。あんたのレジにはもう並ばねーよ。心の中で毒づきながら、出入り口に向かう。

ガラス扉に手をかけたとき、イートインスペースから「あれ？」という声が聞こえた。奥の席でスマホをいじっていた若い男が、こっちを見ている。知った顔だ。

「堀川じゃん。だよね？」彼は細く整えた眉を器用に持ち上げた。

「ああ……」喉まで出かかった名前が、出てこない。

「覚えてない？」自分の顔を指差して言う。「清田(きよた)。ほら、教養のゼミで」

「――覚えてるよ。班長」

そうだ、清田だ。確か、経営学部。二年生のとき、「課題探究ゼミ」という教養科目で一緒になった。同じ班で十五週にわたってグループワークをしたので言葉は多少交わしたが、他のメンバー同様、親しくなったわけではない。

彼にはちょっとした恩がある。最初の授業で班分けをしたとき、講義室の隅で一人あぶれていた僕に声をかけてくれたのだ。いかにもイマドキな風貌なのに、清田は真っ先に班長に手を挙げた。互いに初対面のメンバーたちにまんべんなく話を振り、教授のくだらない冗談にも上手くツッコミを入れる。要するに、僕とは正反対の人間だ。

それだけに、僕の顔と名前を覚えていたというのは、驚きだった。どこにいても、いないのと同じような僕のことを。

会話が始まってしまったので、仕方なく数歩近づいた。柑橘系の香水の匂いが鼻をくすぐる。「久しぶりじゃん」清田は笑みを浮かべ、僕の全身に目を走らせた。「仕事帰り？」

「――いや」うまくごまかせそうにない。「就活だよ」

「就活？　なんで今？　あ、そういや理工学部だったよな。大学院行ってんのか」

「いや、まだ四年なんだ。一年間休学してたから」

「ああ、そうなんだ」清田の目つきが変わった気がした。だが口調は軽やかだ。「そっか。この時期まで就活続けてるなんて、大変だな。でも、理系だし、キープしてるところも何社かあるんだろ？」

「――まあ」目を伏せて言った。「……なくはないけど」

「お、いいじゃん。何個持ってんの？　内定」

「一応……二個」

大嘘だ。三月から四十社以上にエントリーしてきたが、内定どころか、二次面接を突破したことすらない。

「おー、いいじゃんいいじゃん」口もとこそほころばせているが、清田は見透かすような目でこっちの顔をのぞき込んでくる。僕はたまらず質問に回った。

「そっちは社会人一年目だよね。何系の会社？」正直そんなこと、知りたくもない。

「うん、俺はね」清田は、細身のパンツに包んだ長い脚を組み直した。知らないブランドの高そうなスニーカーを履いている。「会社員じゃないんだ。今は、投資とＩＴの中間みたいな仕事してる。いずれはもっと大きなビジネスにつなげていくつもりだけどね」

「へえ。なんかすごそうだね」

もう話を切り上げたくてそれ以上訊かなかったのに、清田は前のめりになった。

「でも、いろいろ悩みもあってさ。ちょっと聞いてくんない？」

「え？」なんで僕に。ゼミで一緒だったときだって、個人的な話はしたことがない。

「まあ、ちょっと座れよ」清田が笑顔で隣りの椅子の背を叩く。「もう、うちに帰るだけなんでしょ？」

「まあ……」それはそうだが、さっさと帰って少しでも作業をしたい。それに没頭して頭をリセットしてからでないと、今夜は眠れそうになかった。

「久しぶりに会ったんだし。五分ぐらい、いいじゃん」

五分と言われると断りにくい。渋々椅子を引こうとしたとき、突然後ろで、がちゃん、と大きな音がした。

驚いて振り向くと、出入り口のそばに置かれたゴミ箱の前に、さっきのグエンがポリ袋を持ってしゃがんでいる。まわりの床にはドリンク剤の空きビン。ゴミを片付けようとして、ポリ袋に入っていた中身をぶちまけたらしい。

もう、どうしようもない。呆れることさえやめて、椅子に浅く腰掛けた。

「俺さ」清田がどこか自慢げに言う。「仮想通貨のアフィリエーターやってんだよね」

「ああ――」出た。いきなり怪しげな話。

アフィリエートというのは、個人がブログやSNSで商品やサービスの宣伝をし、生じた利益に応じて企業から報酬が支払われる仕組みのことだ。副業としてやる人が増え、最近は大した収入が得られないと聞いている。

「仮想通貨ウォレットってあんじゃん?」

「いや、よく知らない」僕は理工学部でも、材料力学の研究室にいる。ＩＴの知識はそれなりにあっても、金融の方面には疎(うと)いし、興味もない。

「まんま、仮想通貨の財布ってことなんだけど。要は、買った仮想通貨を安全に保管しといてくれるサービス。配当型ウォレットってのもあってさ。みんなから仮想通貨を預かって、運用して利益を出して、それを配当に回してくれるわけ」

清田はボールペンを取り出し、テーブルの上の薄汚れた紙を手もとに引き寄せた。そこに文字や矢印を書き込みながら、慣れた調子で説明を続ける。中指にはごつごつしたシルバーのリング。そんなものも香水も、二年生のときはつけていなかったはずだ。

「俺がやってるのは、アメリカのベンチャーが立ち上げた配当型ウォレットでさ。独自に開発したＡＩを駆使して資金を運用してるから、配当がめっちゃいいんだわ。で、ここからが大事なポイント。ある程度まとまった額の仮想通貨を買って、そのウォレットに預けると、アフィリエーターの資格が得られる」

「そのウォレットの宣伝をしたら、報酬がもらえるってこと?」

「宣伝というか、紹介かな。ＳＮＳでも知り合いのつてでも、使えるものは何でも使って、新たな顧客を紹介する。で、仮想通貨を買ってもらって、ウォレットに預けてもらう。そしたら、その額の一〇パーセントがアフィリエーターに入ってくる」

「ああ……」これはやっぱり——。

「まだあんだよ。自分が紹介した顧客がまた別の客をつかまえたら、そいつが買った仮想通貨からもマージンが入ってくる。おいしいだろ? 誰も損しない。頑張ったら頑張った分だけ、収入が増える」

　清田がさらさらと描く顧客たちの関係図が、一人のアフィリエーターを頂点にピラミッド形に広がっていく。

「でも、それって……」もう間違いない。マルチ商法とかネットワークビジネスとか、その類いだ。

　ＡＩを駆使した資金運用なんて、でたらめに決まっている。とにかく利用者を増やし続けて、集めた資金の一部を配当に回しているだけだ。大儲けするのは上層部だけ。遅かれ早かれ破綻して、ほとんどの顧客は泣きを見ることになる。

「もしかして、胡散臭いと思ってる？」清田は目を細める。「確かにこういうのって、日本だとあまりイメージよくないかもしんない。けど、アメリカじゃごく普通のビジネススキームなんだよ」

「うん。それで、悩みって何」どうでもいいから、早く解放されたかった。

「俺、上からも期待されててさ。もっと成績上げて、さっさとマネージャーになれって言われてるんだわ。あ、マネージャーってのは、アフィリエーターを何人か統括する立場ね。でも最近スランプでさ。顧客の獲得数、伸び悩んでるんだよね」

　知るかよ、そんなこと。

「言っとくけど、僕は無理だよ」脱力して言った。「そんな金ないし」

「金がないからやるんじゃん。みんな、学生ローンとか組んでやってるよ」

「ごめん、そういうの興味なくて。わかるでしょ」

「――わかる」意外な反応だった。清田は体ごとこちらに向け、真顔になって続ける。「堀川がこういう話にすぐ乗ってこないだろうってことは、わかるよ。ゼミでも一番の慎重派だったもんな。だからさ、投資するんじゃなくて、ちょっと手伝ってくんない？　今、何かバイトしてる？」

「いや、就活中だし」

「就活するにも金は要るでしょ。いいじゃん。うってつけだよ」

「無理だって。そういうの、向いてない」

「大丈夫。堀川は基本、座ってるだけでいいし。週に二、三回、二時間だけ俺に付き合ってくれたら——」清田は人差し指を立てた。「その都度一万出すよ」

＊

夕立が上がっても、湿気が増えただけで涼しさは微塵(みじん)も感じない。寝汗で湿ったTシャツのままアパートを這い出てきたが、体は鉛のように重い。通りの木々で一斉にセミが鳴き始め、耳をふさぎたくなる。

今日の昼前、研究室でノートパソコンを開いていると、こないだ面接を受けた会社から〝お祈りメール〟が届いた。不採用通知のことだ。文面が〈今後のご活躍をお祈り申し上げます〉と締めくくられていることが多いので、就活生の間でそう呼ばれている。

さすがにダメージを受けて研究室にいるのが辛くなり、アパートに帰ってベッドに倒れ込んだ。昼食もとらずにさっきまで寝てしまっていたのだが、今も食欲はない。

とうとうこれで、持ち駒はゼロ。また一からやり直すのかと思うと、この場に崩れ落ちそうになる。

もうこれ以上、君は要らないと言われたくない。傷つきたくない。耐えられない。何より、もう二度と面接を受けたくない。

僕は、人前でうまく話せない。コミュニケーションが下手というレベルではない。誰かから、とくに複数の人間から注目を浴びていると、言葉が出てこなくなるのだ。子どもの頃からそうだった。

そういう場面はできる限り避けて生きてきたが、就活でそれを回避する術はない。とくに、二社目の面接での出来事は、トラウマになってしまった。僕が一番入りたかった大手工作機械メーカーの一次面接。一社目以上に緊張していたし、気負いもあった。

もちろん、定番の質問への答えはちゃんと暗記していた。志望動機を教えてください。あなたの長所と短所は何ですか。序盤はつまりながらも予定通りに対応することができた。

学生時代、力を入れていたことは何ですか。一番しっかり答えたい質問だ。間違えずにうまく話さなければ。そう思った瞬間、頭が真っ白になった。「えっと……」とつぶやいたまま、たぶん十秒以上固まっていた。面接官たちの顔がみるみる曇る。それを見て、さらにパニックになった。口をつく単語をしどろもどろにつなげたが、何を言ったかは覚えていない。

そして最悪なことに、僕にとって最も難しい質問が次に来た。大学を一年間休学していた理由は何ですか。僕の頭は完全にフリーズしてしまった。全身に噴き出す汗以外、何も出てこない。結局それにはひと言も答えないまま、面接は終わった。

それからの活動は、まさに地獄だ。グループディスカッションでも面接でも、人の視線を意識すると、途端にうまく話せなくなる。何だこいつと思われているだろうと思うと、唇まで動かなくなる。悪循環。負のフィードバック。こんな挙動不審な学生が、面接を突破していけるわけがない――。

無性に喉が渇いていた。〈値下げ!〉というシールが貼られた自販機でペットボトルの水を買い、一気に半分ほど流し込む。

ラベルに描かれた雪山のイラストを見て、新潟に帰るという選択肢がまた頭をよぎる。田舎の小さな会社なら、面接もどうにか乗り切れるだろうか。両親は去年からずっと、地元で公務員試験でも受けろと言っていた。東京の会社など、お前に勤まるはずがない、と。

新潟でも職探しをするとしたら、今後東京との間を何往復かすることになる。交通費が要るが、就活が長引いているせいで生活費さえ底をつきかけている。

清田がもちかけてきた話をあの場できっぱり断ることができなかったのも、それが理由だ。彼から三年ぶりのラインが届いたのは、昨夜のこと。〈明日18時半、来れる?〉というメッセージに、迷った挙句〈行けることは行けるけど〉と返信してしまった。メンタルが今日こんなことになるとわかっていたら、無視していただろう。

待ち合わせ場所のあのコンビニに、約束の時間に三分遅れて着いた。

通りからガラス越しにイートインスペースを見ると、清田が立っていた。制服姿の店員と何やら言い合っている。またあの外国人――グエンだ。

扉を押し開くと、清田の声が響いてきた。

「だから、知らねーって! しつけーよ!」

グエンはひるむ様子もなく、まだ何か言いたげに清田を見上げている。僕に気づくと、清田は構わずテーブルのトートバッグをつかみ、「行こうぜ」と言ってさっさと店を出た。あとに続く僕の背中にも、彼女の視線を感じた。

「何があったの」歩き始めて僕は訊いた。

「わけわかんねーよ、あの店員」清田はまだ怒っている。「こないだ堀川と会った夜、俺あのイートインの一番奥に座ってたじゃん？　そこに忘れ物がなかったかって言うんだよ。何もなかったって何回も言ってんのに、しつこくからんできてさ」

「忘れ物って、客の？」

「知らね。ちゃんと聞かなかったし」

呆れを通り越し、哀れに思えてきた。あの店には他にも何人か外国人アルバイトがいる。皆こちらの求めを難なく理解し、てきぱきと仕事をこなす。なのにあのグエンだけが、いろんな客とトラブルを起こし、罵(ののし)られているのだ。

多くの外国人バイトと同じように、彼女も日本語をマスターして進学や就職につなげたいと考えているのだろうが、あの仕事ぶりでは何をやってもダメだろう。

線路沿いの道を駅のほうへと歩く。後ろで踏切が鳴り始め、新宿行きの電車が轟音(ごうおん)とともに僕たちを追い越していく。

道すがら、これから会う学生について簡単に聞いた。文学部の四年生で、清田が入っていたサークルの後輩の彼氏の友人。清田の言葉を借りれば、最近は大学時代の人脈を掘っているらしい。面談するのは今日で二回目だそうだ。もちろん僕とは面識もつながりもない。

僕の仕事は、その文学部と一緒に清田の話を聞くこと。アフィリエーター側ではなく、仮想通貨の投資に興味がある大学生としてだ。そして最後に、「決めました。僕、契約します」と宣言する。そう、インチキ商法ではお馴染みの、サクラだ。

わかっている。クソみたいな仕事だ。でも、楽して稼ごうとこんな話に乗ってくるやつだって、同じぐらいクソだろう。罪の意識は大して感じない。

面談場所は、駅の北口にあるチェーンのカフェだった。コーヒー一杯に三百五十円も払えるような暮らしはしていないので、入ったことはほとんどない。

一足先に着いていた文学部の学生は、やたらとへらへら笑う男だった。清田が支払いをした飲み物を持って、隅のテーブル席に着く。奥に清田、向かいに並んで僕と文学部だ。文学部はスーツ姿だったので、もしかして就活中かと思ったら、違った。

「どうだった？　内定者懇談会」清田が軽い調子で訊いた。

「いやあ、何だかなあって感じです。選択ミスったかも」文学部はにやけて首をかしげる。

「会社なんて、どこ入ったってがっかりするもんだよ」清田が訳知り顔で言う。「俺なんてさ、内定六個とって、その中で断トツにいいと思ったとこに入ったけど、結局二カ月で辞めたからね。ああ、こいつら全員無能だな、意識高いやついねーなって、すぐわかったから」

清田もいったんは就職はしたのか。知らなかった。文学部は間の抜けた顔で、「内定六個ですか、すげー」と感心している。

「その点、俺のアフィリエーター仲間とかマネージャーさんとかは、マジで全然違うよ。ちゃんと高い目標持って、夢持ってやってる。人脈もヤバい。若手の実業家とか投資家とか、その辺とみんなつながってるんだわ。そういう人たちとの交流会もあってさ。俺が紹介すりゃ君も来れるよ。参加費が三万かかるけど、二回目からは友だち一人連れてきたら無料になるから」

僕も別の意味で感心していた。いくらマニュアルや台本があるにせよ、よくこうもすらすらと与太（よた）を並べられるものだ。

「そういや、堀川君も――」清田が振ってきた。「こないだ交流会デビューしたんだよね。刺激受けたでしょ？」

「ああ……そうですね」

適当に話を合わせろと言われているが、気の利いた言葉はとても出てこない。

「学生じゃ普通会えないような人に会えるからね。人生観変わるよ。ただ就活してても絶対入ってこないような情報がバンバン入ってくるし。ぶっちゃけ、そういう世界に足踏み入れていかない限り、チャンスなんか一生つかめない。俺も初めて交流会出たとき、めっちゃ焦ったもん。俺は今まで何やってたんだ、安月給のサラリーマンなんかやってる場合じゃねーって」

「マジすか」文学部は目を輝かせている。

「今の時代、どんな大企業に入っても安心なんかできないぜ。会社がつぶれたらどうする？コンビニでバイトでもする？　この先ＡＩが発達したら、そんな仕事さえなくなるよ。だからさ、他人に雇ってもらおうって考えから、まず抜け出す。自分の力で稼いで、夢を叶える」

清田はそこでコーヒーをひと口含み、「そんなわけでさ」と続けた。

「書いてきてくれた？　やりたいこと、なりたい自分、五十個のリスト。あ、堀川君はいいよ。こないだもらったから」

「一応、書きましたけど」文学部はクリアファイルからレポート用紙を一枚取り出し、へらへらと清田に差し出した。「一〇〇パー無理なことばっかになっちゃって」

「いいじゃん。全然いいよ」

何のことだかよくわからないが、これも手口の一つなのだろう。汚い字の箇条書きを、清田が読み上げていく。

「〈ベンツのジープを買う。タワーマンションの最上階に住む。当たり前に銀座で寿司〉」

「ちょっと、声に出すのはマズいす」文学部は照れてさらにへらへら笑う。

「いいって。〈三十歳までに起業する。投資家になる。休暇は海外の高級リゾートで。プライベートジェットを手に入れる。宇宙旅行（月）〉。おお、いいじゃんいいじゃん」

僕はたまらず文学部の横顔に目をやった。心底驚いていたからだ。リストが夢物語で埋めつくされていたからだけではない。ここまでステレオタイプなことばかりを平然と挙げる神経が、とても理解できなかった。この男にはきっと、本当にやりたいことなどないのだ。

けれど清田は、それと正反対のことを言った。

「でもさ、書き出してみたらよくわかったんじゃない？　本当にやりたいこと。なりたい自分」

「まあ、そうすね」文学部はあっさり誘導される。

「このリスト、実現するには何が必要だと思う？」

「金、ですかね」

「だよね。普通に会社員をやってるだけじゃあ、絶対無理。でも、君のリストの中に一つだけ、金がなくてもできることがある」清田はボールペンでその項目に囲みを入れた。「〈投資家になる〉ってやつ。ここ勘違いしてるやつは、一生浮き上がれないよ。投資はね、今すぐ始められる。もっというと、始めるべき。金がないなら、借りればいい。学生でも、学生ローンとか組めるし。堀川君、その辺調べてみたんだよね？」

「ああ……はい」僕は清田の顔色をうかがいながら答えた。

「全然大丈夫っぽかったでしょ？」

「そうですね。思ったよりは」

「要はさ」清田は視線を文学部に戻す。「何に投資するかさえ間違えなければ、何も心配いらないわけ。最初は少額の投資でも、いったんうまく回り始めたら、もうこっちのもん。金が金を生んで、他の夢もどんどん実現できていっちゃう。実際、俺の知り合いなんかは――」

それから二時間、僕はただ、一秒でも早く時が過ぎ去ってくれることだけを願っていた。

クリーニング店の十字路まで来ると、アパートのある左へは行かず、右に曲がった。ひしめく家々の間を五十メートルほど歩き、小さな児童公園に入る。消耗しているのに熱を持ってしまった頭を、暗い静かなところで少し冷やしたかった。

清田が先に文学部を帰したのが、九時過ぎ。僕は一万円を受け取り、清田の自慢話に少し付き合ったあと、カフェを出てきた。清田は二、三本電話をかけるからと言って、店に残った。今日の報告か、また別の面談でもしているのだろう。

この時間、公園に人の姿はない。象の形のすべり台が、敷地に一本だけある外灯に照らされている。ブランコの前を通って、いつもの隅のベンチに座った。

眠れないときや気分が沈む日は、真夜中にここへ来て、しばらくぼうっと過ごす。自分の孤独がまわりの暗闇に溶け込んでいくような感覚があって、妙に心が落ち着くのだ。

だが今夜は、同じことがぐるぐる頭の中を回って、なかなか消えてくれない。

さっきの文学部。あんなやつでも就職できる。内定者懇談会に出て、贅沢に愚痴までもらしている。

僕は、あいつ以下なのか。へらへら笑ってマルチに手を出そうとしている男より価値がないのか。たまらなく惨めだった。

結局、冷めない頭のまま、二十分ほどで公園を出た。十字路を過ぎ、光に吸い寄せられるようにコンビニの出入り口に近づく。

ふと、ガラスに貼られた〈アルバイト募集〉の掲示が目に入った。さっきの清田の言葉がよみがえる。会社がつぶれたらどうする？　コンビニでバイトでもする――？

このまま就職が決まらなければ、来年は僕もどこかでアルバイトの身だ。ここの制服を着た自分の姿が頭に浮かび、中に入る気が失せる。

そのまま通り過ぎようとしたとき、「すみません！」と背後から呼び止められた。振り返ると、ガラス扉の前にグエンが立っている。店から飛び出てきたらしい。

「え――僕？」自分の顔を指した。

うなずいたグエンは、素早く振り返って店内の様子を確かめ、足早に僕の目の前まで来る。

「今日、夕方です」真剣な表情で言った。「お店であなたの友だちと話しました。四日前の忘れ物のこと」

こんなまとまった言葉を彼女の口から聞くのは初めてのことだった。思っていたよりずっとまともな日本語だ。

「ああ、なんか、ちょっと聞きましたけど」

「あなた、四日前も彼と一緒にいました。何か見ませんでしたか」グエンはガラス越しに見えるイートインスペースのほうを指差す。「一番奥の席です。テーブルの上か、椅子の上。もしかしたら、床の上」

「気づかなかったけど――どんな物ですか」

「論文です」

「論文？」意外な言葉だったので、思わず確かめる。「論文って、何か研究の？」

「そうです。古い論文のコピー」

「お客さんの忘れ物ですか」

「違います」グエンはかぶりを振った。「わたしの物です。一番大事な論文」

＊

午後六時の薄暗い廊下に、サンダル履きの僕の足音だけがぱたぱたと響く。

世間はまだお盆休みで、校舎は普段よりずっと静かだが、どの研究室にも明かりは灯っている。九月の大学院入試に向けて勉強している四年生と、実験が忙しい大学院生たちだろう。

僕はそのどちらでもないが、この時期に帰省するなどあり得なかった。親戚も集まるし、外を歩けば昔の同級生に出くわす可能性も高い。どこに就職するんだと無神経に訊いてきそうな顔がいくつも浮かぶ。

教授の居室の前まで来ると、談笑する声がドア越しに聞こえた。来客中らしい。ノックをして「どうぞ」と返ってくるのを待ち、扉を開く。

客は教授と同世代の見知らぬ男だった。軽く会釈して、教授に鍵を手渡す。

「これ、薬品庫の――」使い終わったので教授に返してくるよう、先輩に頼まれたのだ。

「お盆返上で実験かい？」客の男が笑顔で訊いてくる。「大変だね。大学院生？」

「いえ、四年生です。実験というか……先輩たちの手伝いを」

「そりゃ気の毒に」客が苦笑する。「進路が決まった途端、こき使われてるわけだ」

「いや……」

答えに窮していると、教授が横から言った。

「それがねえ、彼まだ未定なんだよ。就職希望なんだけど、苦戦しててね」

今思い出した。うちの教授も、無神経な人間の一人だった。

そんな彼が教えてくれたところによると、客は古くからの友人で、とある地方国立大学の教授だという。研究集会のために上京してきたらしい。

僕は退室するタイミングを失い、二人の会話を立ったまま聞かされる羽目になった。

「いやあ、苦戦してるのはうちの学生も同じだよ」客の教授は言った。「うちみたいな駅弁大は、地元か近隣の県から来てる子が多いでしょ。地方の優等生って感じなんだよね。みんな真面目に勉強するし、卒業研究なんかもしっかりやるんだけど、いざ就活となると、都会の私大生に負けちゃう。東京の学生はさ、サービス業のアルバイトやらインターンシップやらで、大人や世間にすごくもまれてるんだよね。世慣れてて物怖じしないし、弁が立つ」

「確かに、口だけ達者な学生は、うちでも増えたな」僕の教授が口の端をゆがめて笑う。「プレゼンは堂々たるもんだけど、目を閉じて話だけ聞いてると、まるで中身がない」

「まったく、企業にはもっとその辺を見極めてもらいたいよねえ。うちなんかでもね、四年生で研究室に配属されてきたときは、おとなしくてよくわからない子だなあと思っても、大学院まで三年間こつこつやって、ほんとに立派な修士論文を書いて出ていく学生、たくさんいるもんね。そんな学生でも、アピールが下手だと就職には苦労する」

「この堀川君も、静かなほうだけど――」うちの教授が僕のほうを見た。「実験は粘り強くきっちりやるし、手先は器用だし、プログラミングなんかも独学でマスターしてるしね。大学院も勧めたんだけど」

「……すいません」

つぶやくように言いながら、なんで僕が謝らないといけないんだと思った。

研究室に戻ると、誰もいなかった。今日の作業はすべて終わったので、みんなで食事にでも出たのだろう。自分の席に腰を下ろし、ほっと息をつく。

ここの一員になって、四ヵ月。ハブられているわけではない。僕が飲み会や食事の場に加わらないことを、みんなもうわかっているのだ。

そういう人間は、無理に誘われないかわりに、気にかけてもらうこともできない。研究室でいまだに就活を続けているのはもちろん僕一人だが、そのことは普段忘れられている。みんなでやる仕事を、僕だけいつまでも免除してもらうわけにはいかない。

教授はさっきも口走っていたが、大学院進学など無理な話だ。そうでなくても僕は人より一年余計に学生をやってしまっている。弟も今年から専門学校に通っているし、新潟市のはずれで小さな文房具店を営んでいる両親に、もう余裕はない。

父親も口下手で、客に愛想一つ言えない人だ。僕はその血を受け継いだ上に、気も小さかった。友だちはなかなかできず、小学生の頃はたびたびいじめの標的になった。

たまに向こうから近づいてきてくれたとしても、この人と親しくなりたい、気に入られたいと思った途端、うまく言葉が出てこなくなる。すると、どうなるか。相手に怪訝な顔をされて、すべてが終わるのだ。そのうち僕は、最初から一人でいることを選ぶようになった。

英語を除けば、昔から勉強は嫌いではなかった。高校は、県立で二番手の理数コースに入った。参考書だけで真面目に受験勉強をして、地元の国立大学工学部に挑んだものの、英語で惨敗。滑り止めに受けていた今の私大にだけ合格した。

地元も好きではなかったが、東京に出るのも不安だった。それでも入学を決めたのは、東京という街が自分を生まれ変わらせてくれることを、ほんの少し期待してしまったからだ。

だが、大学生活はスタートからつまずいた。たとえ同じ学科でも、自分からみんなの輪に入っていかない限り、名前さえ知ってもらえない。サークルの勧誘も、遠くから見ているだけでは声をかけてもらえるはずがない。親しい友人は、一人もできなかった。

このままではいけないと、二年生の秋に都内の屋内型遊園地でアルバイトを始めた。明るく元気なバイト仲間たちに無理やり溶け込もうとしたが、僕はよほど空気を読めていなかったのだろう。陰で悪口を言われていることを知ってしまい、四カ月で辞めた。

そしてそれから、大学にも行けなくなった。理由は自分でもよくわからない。春先に新潟に帰り、そのまま一年間実家で無為に過ごした。いつまでだらだらしているつもりなんだという両親の小言にうんざりして東京に戻ったが、復学してからは自分を変えることを放棄した。教室の一番後ろに一人座って講義を受け、空き時間は図書館で好きな勉強をする毎日。アルバイトは、荷物の仕分けなど、人と交わらないで済む仕事だけ。とても楽になった——。

誰もいない研究室で、ノートパソコンを開いた。

ブラウザを立ち上げて大学のキャリアセンターのサイトに進み、就職支援システムにログインする。いつものように求人票の検索ページに入ると、新着情報の中に機械部品メーカーの募集要項があった。どういう会社かもわからないまま、とりあえずプリントする。

リュックから就活用のファイルケースを取り出し、印刷した要項をしまおうとすると、底のほうで何かに引っかかった。見れば、薄汚れた四つ折りの紙が邪魔をしている。

取り出してみると、ボールペンで殴り書きされた〈アフィリエーター〉の文字。さらに開けば、ピラミッドをなす顧客のマークと矢印。清田がコンビニで仮想通貨ビジネスの説明をしたときの紙だ。あの日の別れ際、清田に渡されたものが紛れ込んでいたらしい。

こんなもの、もう目に入れたくない。丸めて捨てようとしたとき、裏に印刷された文字が透けて見えた。英文だ。

裏返してみる。一番上の中央に大きく〈P'〉の文字。その下に〈By I. LEHMANN〉とあり、第一章の英文と数式が続く。論文のようにも見える。論文――？

左下の余白に目が留まった。青いインクで短い一文が書き込まれている。アルファベットだが、英語ではない。文字にアクセント符号のようなものがついた、東南アジアかどこかの言葉。間違いない。最初のページしかないが、グエンがさがしていた論文だ。

あらためてその中身を見てみる。フォントも印刷の不鮮明さも、確かに古くさい。出版年の記載はないものの、相当昔の論文だろう。用紙もかなり傷んでいるので、コピーされたのも最近のことではない。

それにしても、〈P'〉というのは奇妙なタイトルだ。意味は想像もつかない。数式があるので、理数系の分野には違いない。専門的な英文などとても読めないが、単語だけを拾っていくと、ヒントになる言葉を一つ見つけた。

〈earth〉――「地球」だ。どうやらこれは、地球についての論文らしい。

でも、なんで彼女がこんなものを。ずっと心の中でばかにしていた、使えないコンビニ店員が――。

コンビニに入り、まずレジのほうをのぞいてみる。グエンは夕方から深夜までのシフトで働いていることが多い。もう七時過ぎなので出勤しているとは思うのだが、カウンターの中にいるのは男の店員一人だった。

奥へ進んでいくと、おにぎりやサンドイッチの棚の前に、その華奢な後ろ姿が見えた。積み上げられたコンテナの横で、品出しをしている。

僕はリュックから、さっき見つけた紙を取り出した。グエンに近づき、背後から「あの――」と声をかける。振り返った彼女は、僕を見てすぐ、ああ、と眉を動かした。

「こないだ言ってた忘れ物って、もしかしてこれですか」

僕が差し出したものを見た瞬間、グエンの表情が固まった。奪うようにそれをつかみ、素早く折りたたんでジーンズのポケットに突っ込む。レジのほうをちらちらうかがいながら、声をひそめて訊いてくる。

「一枚だけですか。他のページは?」

「いや、それしかないけど」

グエンは腕時計に目を落とし、早口でささやく。

「すみません、ちょっとだけ待っててくれませんか。お店の外で、ちょっとだけ離れて」

「え?」

「お願いします。すぐ行きますから。ごめんなさい。すみません」

何度も頭を下げるので、わけもわからないまま、ひとまず店を出た。店の人間に見られたくないようだったので、二軒向こうに建つ小さなマンションの入り口まで移動する。

一分もしないうちに、グエンが通りに現れた。左右を見てすぐに僕を見つけ、小走りでやってくる。入り口の明かりの下で、グエンはポケットからあの紙を取り出した。

「これ、どこにありましたか」広げながら訊く。

「どこって、たぶんあのテーブル。あのとき僕と一緒にいた彼が、いらない紙だと思って使ったみたいで。だから、裏にいろいろ――」

グエンは紙を裏返してそれを確かめ、小さくうなずく。「大丈夫。しょうがないです。あのお友だち、他のページも持ってますか」

「わからないけど、もしかしたら」他のメモに使ってまだ持っている可能性もなくはない。

「訊いてみてくれませんか」

「それはいいけど」昨日から気になっていたことを、思い切って訊いてみる。「そんなの読んでるってことは、もしかして、大学生？」

「……ちがいます」答えるまでに妙な間があった。

「でもそれ、科学の論文ですよね。地球とか、そっち方面の――」

「ごめんなさい」グエンが硬い声でさえぎる。「もう戻らないと。ありがとうございました」

グエンはぎこちなく頭を下げると、店に向かって走っていった。

＊

目が覚めると、もう夜の十二時前だった。夕方、頭が疲れてベッドに倒れ込み、そのまま寝入ってしまったのだ。

今日は土曜日で、先輩に言いつけられている仕事もなかったので、ずっと家にいた。朝からエントリーシートを書こうとしたが気分が乗らず、現実逃避に書きかけのプログラムの続きをやり始めると、つい夢中になってしまった。

デスクトップパソコンの横で、四角い頭の「ロボダン2号」が目のLEDを点滅させている。メールのアイコンをクリックすると、心地よいモーター音を立てて右腕を上げ、レトロな電子音が告げた。

「メールガ、2ツウ、トドイテイマス」

僕が作ったロボットだ。全長約二十五センチのボディは、すべて段ボールでできている。内部に搭載した手のひらサイズのコンピュータが、机のパソコンと無線LANでつながっていて、メールが届くと腕の動きと人工音声で知らせてくれる。

段ボールロボット製作は、僕の唯一の趣味だ。壁の棚に並んでいるのは、ロボットアームや二足歩行ロボ、宮崎アニメ風の羽ばたき飛行機など、今まで作った作品たち。机には工具や電子部品、床には段ボールの切れ端が散乱している。

作り始めたのは小学生のとき。家で一人遊びばかりしていた僕には、店の裏にいくらでもあった段ボールの空き箱だけが友だちだった。たまたまネットで、段ボールと注射器のポンプを使った水圧式ロボットアームを作っている人を見つけ、その精巧さに衝撃を受けた。見よう見まねで作り始めると、すぐにのめり込んだ。

いろんなメカが段ボールで実現できるようになると、今度はそれを自動で動かしたくなる。中高生時代は電子工作の本を読みあさり、安い部品を求めて新潟市内に一軒だけあったジャンク屋に足繁く通った。さらには、ロボットにシングルボードコンピュータを組み込んで制御するために、プログラミングを学んだ。

ロボダン2号がメールの〈件名〉を順に読み上げている。今日プログラムを書いて追加したばかりの機能だ。

一通は就活サイトからのメールだった。それも最近はめっきり数が減っている。メールソフトで中身を確認するが、大した内容ではなかった。結局今も、新潟ではなく東京の情報を漫然とチェックし続けている。ほとんど惰性だ。

机の端に置いたエントリーシートが目に入るが、やはり手は伸びない。それよりも、喉が渇いていた。夕食になるような食料もなかったので、コンビニまで買い出しに行くことにした。

店に入ると、イートインスペースの一番奥に、グエンが座っていた。仕事終わりなのか、Tシャツにジーンズという私服姿で、日本語の教科書らしきものを広げている。目が合うと、なぜか彼女はすぐ本を閉じ、筆記具をペンケースにしまい始めた。

構わず中に進み、冷やし中華と二リットルの麦茶を買う。出入り口まで戻ったときには、もうグエンの姿はなかった。そのまま通りに出て歩き始めると、二軒隣りのマンションの前に彼女が立っている。

「すみません」グエンが声をかけてきた。

「ああ……」僕は近づきながら言う。「論文のことなら、まだ彼に訊けてないんですけど――」

「それは大丈夫です。別のことで、教えてほしいことあります。ちょっとだけ、話せませんか」

「え、今？」

「何度もごめんなさい」グエンが真っすぐ見上げてくる。「たぶん、二十分か三十分だけ。お願いします」

頻繁に洗濯して着ているのか、グエンのTシャツは襟がよれてしまっていた。白いスニーカーもところどころ擦り切れている。

それを見て、ふと思う。グエンもまた、この東京で必死に生きている。いや、僕なんかとはとても一緒にできない。彼女は、言葉も習慣も違う、異国の都会で生きているのだ――。

結局、断ることはできず、話を聞くことにした。どこか座れるところはないかと言うので、十字路の先のあの児童公園まで歩いた。

いつもの場所ではなく、外灯の真下のベンチに並んで座った。湿気がすべての物音を吸収しているかのように、あたりはしんと静まり返っている。この深夜の公園に誰かと一緒にいるということが、とても不思議に思える。

グエンはかばんから、あの紙を取り出した。論文の一ページ目だ。なぜかそれを裏返し、清田の描いた図を見せる。

「これ、アフィリエートの話ですよね？」グエンはいきなり言った。「こういうアルバイトかビジネス、あるんですか」

「え――」この展開にはさすがに戸惑う。「まあ、そうみたいだけど……」

グエンはこの図からそれを嗅ぎ取ったらしい。そういえば、あのとき彼女は僕たちの近くでゴミの片付けをしていた。清田の言葉も断片的に耳に入ってきていたのかもしれない。

「どういう仕事ですか。お金どれぐらいもらえますか」矢継ぎ早に訊いてくる。

「いや、僕にはよくわかんないです。やってるわけじゃないし」

「わたし、ベトナム人ですけど、できますか」

「いや、ちょっと難しいと思うけど……ていうか、やらないほうがいいですよ」

「なぜですか。法律違反の仕事ですか」

「そこもはっきりわかんないけど――」

僕はその仕組みを自分なりに説明した。たどたどしい解説だったにもかかわらず、グエンはよく理解してくれたらしい。聞き終えると、眉をひそめて「なるほど」とつぶやいた。

「それは、よくない仕事です」

「ですね」

「少しぐらいよくない仕事でも、ほんとはやりたい。でも……」グエンは短く息をついた。

「人を騙すのは、ダメですね」

細い肩を落とした彼女の横顔を見ていると、つい言葉が漏れ出る。

「コンビニ、辞めたいんですか」

「そうではありません。でも、もっとお金要ります」

「学費、とかですか」

「学費は要りません。わたし、奨学生です」

「日本語学校の？」

「いえ」グエンは小さくかぶりを振った。「ごめんなさい。わたし、ほんとは大学院生です。人を騙すのダメなんて、わたし言えなかった」

「やっぱり、そうなんだ。その論文みたいなことが、専門ですか」

「はい。わたし、地震の研究してます――」

そう言って彼女が明かした正体は、僕の想像のはるか上をいくものだった。

グエンは、明都大学大学院の博士課程一年生で、所属は理学部の地震研究所。一流国立大の留学生というだけではない。明都大の国際奨学プログラムに選抜され、月額十八万円の奨学金まで支給されているという。

出身大学は、ベトナムの名門、ハノイ国家大学。生まれは貧しい農村で、高校と大学へはベトナム政府の特待生として進んだ。故郷では神童と呼ばれるような少女だったのだろう。ハノイで地球物理学を修めたあと、地震学の総本山でさらに学ぶべく、一昨年来日した。研究者を目指しているそうだ。

大学院で学ぶにあたって日本語は必須ではないらしい。英語でおこなわれる講義が多くあり、研究所内でのコミュニケーションもほぼ英語でこと足りるのだという。彼女の日本語は、明都大の留学生向け日本語クラスで学んだものだった。語学のセンスがゼロの僕とは大違いだ。

相づちさえ打てず、惚けたように聞いていた僕は、やっとの思いで声を発した。

「――すごいですね」

「すごくないです。わたしまだ、論文一つも出してません」

グエンは淡泊に言い放つと、手の中の紙をまたひっくり返し、英文の面をこちらに向けた。外灯の光が、〈P'〉という大きな文字のタイトルをくっきり照らし出す。

「インゲ・レーマンという人、知ってますか」

「知らないけど、その論文の著者ですよね」

「そう。デンマークの女性の地震学者です。もう亡くなってますが、わたしの憧れの人。この論文、彼女の歴史的な仕事です。一九三六年、地球の中心に『内核』があること、世界で初めて提唱しました」

「内核――」どこかで習ったのは確かだが、記憶は曖昧だ。

「日本、地震がすごく多いです。被害もたくさん。だから、日本人は地球の中のこと、詳しいと思ってました。でも、違いました。みんな全然詳しくない」

「ああ……かもですね」

「地面のすぐ下は――」グエンは足もとの硬い土をスニーカーで踏んだ。「地殻ですね。地球が卵だったら、地殻は卵の殻。薄いです。その下に、とても分厚い岩石の層ある。マントルです。地球の半径の半分ぐらいのところまで、ずっとマントル。そこから先が、コアです」

「確か、鉄でできた部分ですよね」だんだん思い出してきた。地球を真っ二つに割った断面図が浮かんでくる。

「そう。コアは二層なってます。外側が、外核。高温で、金属がどろどろに溶けている、液体の層。内側が、内核。そっちは固体の球です。地球の芯、ですね」

つまり、地球の真ん中には鉄球の芯がある。それが一九三六年にわかったわけか。それほど昔の話ではないのが意外だった。グエンも似たようなことを言う。

「木星にいくつも衛星あること、四百年前にわかってました。なのに、自分たち住んでる地球の中のこと、ずっと何もわからなかった。人間は月まで行きました。なのに、わたしたちのボーリング、まだマントルにも届かない。人間が掘った一番深い記録、地下十二キロです。コアの表面の深さ、二九〇〇キロ。コアは、遠いんです。月より遠い。見えないし、触れない」

言われてみれば、そうかもしれない。でも、だったらどうやってそんな深部のことを知ったのか。僕の疑問を察したかのように、グエンがうなずく。

「だから、地震学者は、耳を澄ませます」グエンは頭を横に倒し、手のひらを耳に当てた。

「こうやって、地面に耳をつけて」

「え？　嘘でしょ」

　思わず言うと、グエンが初めて微笑んでみせた。すぐ真顔に戻って、続ける。

「耳を澄ませたら、ときどき波の音聴こえます。地震波です。震源から出て、地球の深いところとおって、遠くまでやってくる。地殻、マントル、外核、内核。その境い目で反射して、屈折して、地表に届く。だから本当は、耳で聴くのじゃありません。地震計ですね。そしたら地震波、教えてくれます。どこから、どこをとおって、どれほど時間かかって、ここまできたか。たくさんデータ集めると、だんだんわかってきます。地球の内部の構造、どうなっているか」

　なるほど、そういうことか。これでも理工学部だ。イメージはできる。

「それって要は、CTスキャンだ。超音波エコーとか」

「ああ、そうです。詳しいですね」

「一応、理系なんで」

「そうでしたか。だったらご存じ思います。地震波にP波とS波、ありますね。S波は横波、液体中は伝わらない。外核を通るコースでやってくるのは、P波だけ。S波は来ない。それがわかったから、外核は液体とわかりました」

「へえ」それは素直に面白い話だと思った。

「インゲ・レーマンは、じっと耳を澄ませた人でした。誰よりも。彼女がヨーロッパに置いた地震計、地球の反対側、南太平洋の地震たくさんキャッチしました。コアの真ん中をとおってきた、P波です。コアは全部液体――それが当時の考えでした。でもその考えだと、彼女のデータ、うまく説明できなかった。

他にも、気づいたことありました。何も届かないはずの地域に、実はP波が届いている。ほんのかすかなP波。コアの中に何かがある――そのせいで屈折してきた波に見えました。測り間違いだと言う人もいました。だから、彼女はもっともっとデータ集めました。そしてとうとう、素晴らしいアイデア思いつきます。液体のコアの真ん中に、固体の部分がある。そう考えれば、データは全部説明つく」

「それって、結構大胆なアイデアですよね。だって、高温で溶けてるコアの中心が、また固まってるなんて」

「はい。でもレーマンは、常識より、データ信じた人でした。休みの日、データを記録した紙を家の庭に広げて、それに埋もれているような人。無口で、無愛想で――」グエンがまた口もとを緩める。「たぶん、仲良くなるの、ちょっと時間かかる人」

「そうなんだ」少しだけ親近感が湧いた。

「わたし、そういうところも、好きなんです。女性らしくないとか、女性のくせにとか、どうせ女性だからとか、きっとそういう時代だったのに。データだけで、研究者としての自分、認めさせた。ほんとにすごい」

グエンは再び論文に目を落とした。題名のあたりを指で撫でながら続ける。

「この論文のタイトル、たった一文字、〈P'〉です。これ、コアをとおってきたP波のこと。とてもカッコいいタイトル。レーマンの自信のあらわれと思います。P'という波のこと、自分が一番よく知っている――。

そう言えるぐらい、あなたもデータと向き合いなさい。わたしのハノイの恩師、そう言いたかったと思います。だから、この論文くれました」

「ああ、これ、ベトナム時代の先生が」

「はい。ここ――」左下の余白に書かれたベトナム語の一文を指差した。「先生からのメッセージです。〈マイさんへ　あなたの成功を祈ります〉」

そんな論文なら、必死でさがし回るのも当然だ。この一枚でも見つかってよかったと思いながら、僕は彼女自身のことを訊ねてみた。

「あなたも今、コアの研究をしてるんですか」

「そうです。内核の表面が、どうなってるか。そこで何が起きてるか。地震波を使って調べてます。でもそれ言うと、みんな訊きますね。それが何の役に立つのか。地震の災害、防ぐ研究しないのかって」

「ああ、確かに」そう言いたくなる気持ちはわかる。

「でもわたし」グエンは目に力を込めてこちらを見た。「逆に訊きたいです。みんな、なんで自分たち住む星の中のこと、知りたくならないのか。内側がどうなってるか、気にならないのか。表面だけ見てても、何もわからないのに。わたし、そんなことばかり考えて、眠れなくなる子どもでした。あ――」

グエンは何かに気づいたように口に手をやり、立ち上がった。論文をしまいながら言う。

「ごめんなさい。関係ない話ばっかり。時間たくさん使いました。こんな夜遅く」

「いや、それは別に……」

そんなことより僕は、恥ずかしかった。表面的なことだけを見てグエンをばかにしていたことが、先入観だけで彼女を見下していたことが、ただただ恥ずかしかった。

十字路のところで別れる間際、グエンは思い出したように言った。

「もう一つだけ、お願いあります。今の話、ここだけにしてくれますか。例えばあの友だちとかに、お店の中で話さないでほしいです」

「いいけど……今の話って、アフィリエートのこと？」

「違います。わたしが明都大の大学院生ということ。お店の人たちに知られたくありません。お店ではわたし、日本語学校の留学生と言ってます」

「え――」

その理由を確かめる間もなく、グエンはぺこりと頭を下げて、真夜中の通りを踏切のほうへと消えていった。

＊

「自分の人生の値段って、いくらかわかる？」

マネージャーなる男が、女子学生に向かって訊いた。僕の横に座る彼女は、おどおどしながらかぶりを振る。

「もし君たちが来年就職するんだったら、簡単にわかるよ」マネージャーは女子学生と僕の顔を交互に見て、指を折っていく。「初任給いくら、ボーナスいくら、昇給はどのぐらい、退職金いくら。全部足したら、はい、それが君たちの人生の値段。こんなこと言ったら失礼かもしんないけど、まあ、金額はその辺の人と変わんないよね」

うちの大学の社会学部四年だという女子学生は、「はい、それは……」と自信なげに小さくうなずいた。それを見て、僕の向かいで清田が微笑む。

清田に頼まれた二回目の仕事は、マネージャーと清田が二人がかりでこの女子学生を落とす場に同席することだった。以前も聞いたが、マネージャーとは数人のアフィリエーターを統括する立場の人間で、清田はこの男に誘われてこの仕事を始めたそうだ。僕たちよりは歳上らしいが、まだ二十代だろう。あごひげを生やし、麻のシャツをはだけた胸にチェーンをのぞかせている。

日曜の昼さがりだからか、前回と同じ駅前のカフェには、読書や勉強をして過ごしている客が多い。隣りのテーブルで雑誌を開いていた初老の男が、ちらりと僕のほうを見る。僕は目を伏せて、コップの水をひと口含んだ。

「でも俺はね」マネージャーが女子学生の目をのぞき込む。「君という人間の価値がそんなもんだとは思わない。もちろん、君のこと、まだそんなに知らない。でもね、日本の会社は基本どこも、社員を買い叩いてんだよ。要はみんな、不当に安く働かされてる」

「はあ」女子学生は圧倒されている。

「剰余（じょうよ）労働って、聞いたことある？」

「いえ」

「マルクスは聞いたことあるでしょ。彼が言ったことなんだけど、労働者はみんな賃金以上の仕事をさせられていて、その分を搾取（さくしゅ）されている。これって実は、労働者の宿命で——」

ある意味、すごい。清田とは格が違うと思った。本当か嘘かわからないような話を次から次へと浴びせかけてくる。断定口調で圧が強いので、こちらは完全に受け身になる。

横で冷静に聞いていると、その話には根拠も脈絡もないことがすぐわかる。たぶん、ネットで拾ってきたことをつぎはぎしているだけだ。それでも、いろんなことをひたすら決めつけられているうちに、そうかもしれないと思い始めるやつもいるのだろう。だからこそ、この男はマネージャーになれたのだ。

「要はね、自分の人生の値段を、他人に決められるなって話」マネージャーは言った。「それは自分で決めなきゃ。そう思うでしょ？」

「……思います」女子学生はか細く答えた。

「お、意識変わってきたね」清田が彼女に笑いかける。「いいじゃんいいじゃん」

「そのためには、何が必要かわかる？」マネージャーがたたみかけた。「経済の知識。学校では絶対教えてくれないような、ホンモノの知識。リアルな経済。実際、世界はそういうので回ってるから。現金いくらもってるとか、銀行に預金いくらあるとか、そういうことじゃないよ。キャッシュフローで考える。要は、投資だね」

よくしゃべる。くだらないことばかり、べらべらと。やけに耳に障るその声を聞き流しながら、僕は昨日のグエンの話を思い出していた。

コンビニでのグエンは、余計なことは何一つ言わない。客に愛想よくするどころか、マニュアルにある台詞さえろくに発しない。そんなものに必要性を感じていないのだろう。

でも、語る価値があることは、ちゃんと語るのだ。母国語でない言葉で、ゆっくりと丁寧にしてくれた話は、とても面白かった。飾らない言葉で、理路整然としてくれた説明は、とてもわかりやすかった。

饒舌さなんてものは、知性と何の関係もない——。

「おい、堀川君って」

清田の声で我に返った。

「何ぼーっとしてんだよ。俺、外で一本電話かけてくるから。マネージャーは一服だって。二人でちょっと待ってて」清田はそう言ってマネージャーと一緒に席を立つ。「あ、彼女に軽く話してやってよ。交流会のこととか」

大方、外で作戦でも練るのだろう。二人が店を出て行くと、女子学生がため息をついた。

「ああ、もうどうしたらいいかわかんないです」僕をのほうを見ずに訊いてくる。「ほんとに大丈夫なんですかね。投資とか、アフィリエーターとか」

「怪しんでるんですか」とりあえず言ってみた。

「そうじゃないんですけど、こんなのほんとに仕事って言えるのかなって。フリーターよりはマシかもしれないけど……親に何て言えばいいんだろ」

「え、就職は?」

「わたし……まだ内定出てないんです。中小もいっぱい受けてるのに、一つも。自分の何がダメなのかわかんなくて、毎日泣いてて。そしたら知り合いが、清田さんのこと紹介してくれたんですよ。清田さん、だったら就活なんかやめちゃえばいいって。親が言うから、みんながそうだから就職しなきゃいけないって思ってるだけでしょって。そう言われたら、わけわかんなくなってきちゃって。わたし、こんな辛い目して、いったい何がやりたかったんだろうって」

慰めの言葉一つ出てこなかったが、気持ちは痛いほどわかった。暑い中リクルートスーツを着て、靴擦れをつくりながら歩き回って、ただ傷つく。心が弱らないほうがおかしい。

「この話、やるって決めたんですか?」彼女が訊いてきた。

「僕？」どう答えるべきかは決まっている。でも、どうしても首を縦に振れない。「いや、決めたというか……」

「理工学部なんですよね？　理系だし、就職、決まってますよね」

「まあ……」

「どう思います？　わたし、ほんとに就活やめちゃっていいんでしょうか」

「いや、僕に訊かれても……」

そんなこと、僕が知りたいぐらいだ。例えば神様にならば、僕だって言ってほしい。辛い就活なんて、今すぐやめていい。そんなことしなくても、君は何にでもなれる、と。

「でも――」僕は言葉を選びながら言った。「就活やめていいなんて、簡単に他人に言えるものなのかな。そんなこと言っていい人、言う資格がある人、ほんとにこの世にいるのかな――とは、思う」

彼女はしばらく僕の横顔を見つめたあと、「ああ……」とうめいてテーブルに突っ伏した。

交流会の作り話など、できるわけがなかった。

結局、女子学生は最後まで態度をはっきりさせることはなく、「もう少し考えさせてください」と言って帰っていった。話が進まなかったので、幸い、僕が前のめりに「サインします」と宣言しなければならない場面も訪れなかった。

マネージャーは、スマホで誰かとしゃべりながら店を出ていったまま、戻ってこない。

三杯目のアイスコーヒーをストローでかき混ぜる清田に、僕は言った。

「あのさ、こないだコンビニで、忘れ物のこと訊かれてたでしょ」

「忘れ物？」清田はだるそうに応じる。「ああ、あのしつけー中国人の店員か」

「ベトナム人だよ」

僕は、グエンが大学院生だということは伏せて、かいつまんで経緯を話した。興味なさげに聞いていた清田は、最後に「で、それがどうしたの」と言った。

「だから、僕が持ってたのは、一ページ、清田が持ってるかもしれないと思って。あのとき他のメモとかに使って、どこかに残ってたりしないかな」

「知らねーよ。覚えてない。てか、なんでそんなに親切なの。あの女に気でもあんの？」

「んなわけないじゃん。ただ――」僕は清田の目を見て言った。「大事なものなんだって。だから……」

「悪い」清田は腕時計に目をやった。「俺、新宿でもう一件アポあるんだ。もう行くわ」

「ああ、うん。論文、ちょっとさがしてみてよ」

清田はアイスコーヒーの残りを吸い込みながら席を立ち、「また連絡するから」とだけ言い残して足早に立ち去った。

その姿を見送った僕は、店を出る前にトイレに行った。

用を足して出てくると、さっきの席にマネージャーが戻ってきていた。一人ではない。外で合流してきたのか、キャップをかぶった見知らぬ男が向かいに座っている。

二人はテーブルの書類を見ながら話し込んでいて、僕には気づかない。そのまま知らぬ顔で出入り口に向かおうとしたとき、マネージャーの言葉が耳に飛び込んできた。

「清田だよ、問題は」舌打ちをして吐き捨てる。「あいつ、マジで使えねー」

思わず足が止まった。さりげなく衝立（ついたて）の陰に入る。

「なんか、スランプだって言ってましたけど」キャップの男が嘲るように言う。

「だったら最初からスランプじゃねーか」

キャップの男は客ではなく、アフィリエーターらしい。それにしても、清田が仲間からそんな言われ方をしているとは思わなかった。上から期待されているのではなかったのか。

もう少し聞いてみたい。衝立ての反対側をそっと進み、二人のテーブルに近づく。いい席が空いていた。衝立てをはさんですぐ隣りだ。盗み聞きがバレたらまずいが、マネージャーが席を立ったときは、テーブルに顔を伏せて寝たフリでもすればいいだろう。僕の地味な服装など、どうせ覚えちゃいない。

「さっきだってよ、ろくに俺のアシストもしねーし、全然つめていかねーの。自分の客だろーが」マネージャーの文句は止まらない。「あんなヌルいことやってっから、毎回クロージングで逃げられるんだよ。マジ口先だけ。カッコだけ。デキる男風。やっぱ、再教育すっか」

「いやあ、無駄じゃないすか」キャップの男が言う。「口先だけなのは、昔からみたいすよ」

「ああ？　何だそれ」

「あいつ、入った会社――専門商社みたいなとこすぐ辞めて、こっち来たじゃないすか。俺のツレの後輩が、たまたまその会社で清田と同期だったんですって。で、そいつからいろいろ聞いたんですけど、清田、配属されたばっかの部署の上司に、いきなり見破られちゃったらしいすよ。『お前、口先だけだな』って」

「マジか。やるな上司」

「清田って、昔から要領だけでやってきた男らしくて。勉強なんか全然しないで、大学はAO入試で入って、ラクな授業だけで単位揃えて、就職に有利なボランティア系のイベントサークルで幹部やって、聞こえのいいバイト選んで、インターンシップでいい顔しまくって」

ついでに、教養のゼミでも班長に手を挙げたわけか。キャップの男が続ける。

「そうやって入った会社なのに、上司に言われたんですって。『社会に出たら、いくら自分を実力以上に見せようとしても、化けの皮は必ずはがれる。お前みたいなやつは、不器用でもこつこつ何かをやってきた人間には絶対に勝てない』とか何とか。実際、仕事でいろいろやらかしたらしいすけどね。俺できます、余裕です、みたいなこと言いながら」

「今と一緒じゃん」

「それで心入れ替えるかと思ったら、逆ギレっつーか、すねちゃって。『この会社、なんか違うんで』って辞めちゃったんですって」

*

人間の中身も、層構造のようなものだ。地球と同じように。

硬い層があるかと思えば、その内側に脆(もろ)い層。冷たい層を掘った先に、熱く煮えた層。そんな風に幾重(いくえ)にも重なっているのだろう。真ん中の芯がどういうものかは、意外と本人も知らないのかもしれない。

だから、表面だけ見ていても、他人にはけっしてわからない。その人間にどんなことがあったのか。奥深くにどんなものを抱えているのか。

それを知る方法は、あるのだろうか。グエンが言っていたように、じっと耳を澄ませていれば、中からかすかな音でも届くのだろうか。

例えば——。清田の中からは、何が聞こえてきただろう。深いとはとてもいえない付き合いの中で、あいつは今まで僕に何をし、どんなことを言っただろう。

夜十一時を回った。清田からラインがあったのは、二時間ほど前。話があるからとこのコンビニに呼び出されたのに、さっき〈30分ぐらい遅れる〉とメッセージが届いた。

ここへは大学から来たので、リュックにノートパソコンを持っていた。仕方なくイートインスペースでそれを開いているのだが、とりとめのないことばかりが頭をめぐって、手はほとんど動いていない。

「Ｐｙｔｈｏｎ（パイソン）ですか」

いきなり背後で小さな声が訊いた。グエンが画面のコードを見つめている。掃除に来たらしく、布巾とスプレーを持っていた。

「そうだけど——」Ｐｙｔｈｏｎとは、プログラミング言語のことだ。「使ってるんですか？」

「はい、ときどき」グエンはテーブルを拭き始める。「それ、大学の勉強ですか」

「いや……趣味」

「いい趣味です。何のプログラムですか」

「これは、ロボットの制御（せいぎょ）とか」

「ロボット？」グエンが手を止めた。

僕は段ボールロボットのことを少しだけ話した。写真はないのかとグエンが言うので、先日スマホで撮った動画を見せた。メールの件名を読み上げるロボダン2号の映像を見て、「かわいい」と目を細める。

「ますます、いい趣味です」グエンは掃除を再開した。テーブルにスプレーを吹き付けながら訊く。「就職も、そういう会社ですか」

「え？」

「この前、あの友だちと、就職の話――」

「ああ……」やっぱり聞こえていたのか。一瞬ためらったが、なぜか彼女の前では自分を繕（つくろ）おうとは思わなかった。

「まだ、どこも決まってなくて。就活も今、行き詰まってるっていうか……」

「なぜ決まりませんか」グエンは眉を寄せた。「そんな面白いロボット作れるのに」

「こんなの、ただのオモチャですよ。人の真似だし」

「真似でもいいじゃないですか。だって――」と言いかけたグエンが、ガラスの向こうに目を留めて、「呼んでます」と言った。

清田がすぐ外の通りに立ち、僕を手招きしていた。


清田は黙って踏切のほうへ歩き出した。遅れて悪かったとも、どこへ行くとも言わない。足の運びがゆっくりなので、歩きながら話そうということだろう。

「堀川さん」清田が切り出した。「こないだの子に、何か言った？　社会学部の子」

「え……何かって――」

「余計なことだよ」清田の声が尖（とが）る。「あの子、就活が忙しくなったからって、今日の面談バックレた。電話して問いつめたら、『人に言われて就活やめるなんて、ダメな気がしてきて』とか言って。親に相談でもされたかと思って確かめたら、あの理工学部の人にそういうこと言われたって。妙に響いたんだってよ。なあ、どういうこと？」

そうだったのか。どこか安堵している自分がいて、感じたとおりのことを口にするのが怖くなくなる。

「彼女、まだ内定出てないって言ってた。苦しんで、わけわかんなくなってた。そういう状態の人に、就活なんかムダだとか、もうやめちゃえとか言うのは――やっぱ違うよ」

「何？　開き直んの？」

「僕のせいなら、金は全部返すから」

「そういうことじゃねーよ」清田が顔をしかめる。「でも、あのあとマネージャーにも言われた。あの堀川ってやつ、横に座らせとく意味あんのかって」

「僕も、そう思う。だからもうやめるよ」

「堀川ってさ」清田がこちらに一瞥（いちべつ）を投げる。「ときどき、わけわかんないよな。さっきのコンビニの店員といい、あの社会学部の子といい、妙な肩入れすんの、いったい何？」

「肩入れっていうか、僕も同じなだけ。人とうまくしゃべったり、感じよく接したり、できない。要領も悪い。だから――そのせいだけじゃないだろうけど……僕もまだ、内定ゼロ」

「ゼロ？　だってお前、こないだ――」

「ごめん、嘘言って。でも、だから彼女の気持ちはすごくわかる。就活がばかばかしくなったり、投げ出したくなったりするのは、しょっちゅうだよ。現にここんとこ、現実逃避気味。それでもやっぱり僕は、内定がほしい」

その数を誇りたいわけでも、安心を得たいわけでもない。誰か一人にでいいから、ひと言でいいから、言ってほしいだけなのだ。君は君なりに、ちゃんとやってきたんだね――と。

「高くもない給料の会社に入るために必死で就活してるのは、僕だって同じ。だからそういう人のことを、ばかにしたりはしない」自分でも驚くほど、次々言葉がこぼれ出る。「僕こんなだし、就職できたとしても、そこでやっていけるかどうかはわかんない。でも、もし僕がその会社でうまくいかなかったとしても、就活なんかやめとけみたいなことは、人には言わない。だから――」

「俺は！」清田が気色ばんでさえぎった。「俺は、うまくいかなくて会社辞めたわけじゃねーし！　まわりのレベルが低すぎるから、あんなやつらに勝ったってしょうがないから辞めたんだよ！」

後ろで踏切が鳴り始めた。いつの間にか、線路沿いの道を歩いている。

「――うん。でも――」うまく言葉にできないまま、曖昧な問いにする。「清田は今、勝ってるの？」

返事はない。前から来た電車が通り過ぎて行く。

正面を見据えた清田の唇が、わずかに動いた。轟音の中、耳を澄ませる。

「――うるせーよ」

はっとした。そのかすかな声は、清田という人間の奥深くからやってきた気がした。僕の短い問いかけが、彼の芯のあたりで反射し、屈折しながら表に出てきた、寂しげな音の波――。

それが、三年前の記憶を呼び起こす。

「班長、覚えてる？」僕は静かに言った。「教養のゼミで、最初に班分けしたとき、清田が僕に声かけてくれたじゃん」

「ああ？　何だよ突然」

あのとき、適当にグループに分かれるよう指示された学生たちがあちこちで固まり始める中、僕はどこにも入っていけず、じわじわと講義室の後ろに下がっていった。そのままドアから出て行ってしまおうかとさえ考え始めたとき、清田がつかつかとやってきた。

清田は僕の名前と学部をそっと訊ねると、自分の班のほうへ連れて行き、以前からの知り合いのような態度で一員に加えてくれたのだ。だからあれは、清田のあの行動だけは、パフォーマンスやスタンドプレーの類いではない。

「あのとき、なんで僕に気づいたの」

「覚えてねーよ、んなこと」面倒くさそうに言った清田が、「でも——」と目を伏せる。

「ああいう場では、つい気になるっていうか。あぶれてるやついないかなって。俺、小学校でも中学でも、結構そっち側だったから」

清田はすぐに、つまらないことを言ったという顔をして、足を止めた。そして、「もういいよ。帰れよ」と言い捨てると、駅に向かって一人歩き出す。

僕はその後ろ姿を、僕と同じ孤独を閉じ込めた背中を、しばらく見つめていた。

*

明都大学地震研究所の建物は、キャンパスの一番端、テニスコートの脇にぽつんとあった。

正面玄関の庇(ひさし)の下にもう十五分近く立っているのに、出入りする人間は一人もいない。ここへ着いてすぐ、あの学生風の男がやって来てくれたのは、ラッキーだったのだろう。

彼がカードキーを取り出しながら訝しむような目を向けてきたおかげで、僕から思い切って声をかけることができた。自分の名前と大学名を告げ、「博士一年のグエンさんに会いたいのですが――」と言ってみると、彼は「ああ」とうなずいた。そして、「ちょっと待っててください」とだけ言い残し、中に入っていったのだ。

彼女が今ここにいるのかどうかは、わからない。もしいないなら、彼がそう伝えに来てくれるのだろう。

グエンがコンビニを辞めたと知ったのは、昨日のことだ。

ある日を境に、グエンを店で見かけなくなった。それから一週間ほど、訪ねる時間帯をいろいろ変えてみたのだが、やはり姿はない。さすがに待ちきれなくなった僕は、名札に〈店長〉と書かれた年配のスタッフに訊ねてみた。

店長は早口でわずらわしそうに、「どのグエンさん？」と言った。聞けば、ベトナム人の姓は四割近くが「グエン」で、その店でも過去に何人もの「グエンさん」が働いていたという。七月頃からいる小柄な女性だと僕が言うと、店長は「ああ、スアンさんね。こないだ辞めたよ」とあっさり言った。

その可能性はもちろん考えていたが、解せないのは「スアン」という名だった。彼女の名前は確か、「マイ」だったはず。店長にあらためて確認すると、彼女の名前は「グエン・ティ・スアン」で間違いないと言う。身分だけでなく、名前も偽っていたということか。でもそんなこと、可能なのだろうか――。

日差しが差し込んできたので、一歩奥に入る。まだまだ暑さは厳しいが、日が傾くのはずいぶん早くなった。八月も今日で終わりだ。

グエンもさっきの彼も、なかなか出てこない。考えてみれば、グエンは僕の名前など知らない。約束もしていない男の突然の訪問を、怪しんでいるのかもしれない。

時間を確かめようとスマホを取り出したとき、後ろで自動ドアが開いた。

初めて見る眼鏡姿で現れたグエンは、僕を見て「ああ」と眉を持ち上げ、不思議そうな顔で「どうしましたか」と言った。

キャンパスを欅並木のほうへと歩きながら、グエンが言う。

「待たせてすみません。教授と話していて」

「いや、勝手に来たの、こっちだし」

言いながら、僕はリュックから紙を二枚取り出した。あの論文の二ページ目と三ページ目だ。

「これ、見つかったから」グエンに手渡しながら言う。「友だちが持ってました。これだけしか残ってなかったみたいで、申しわけないんだけど」

「すごい――」グエンは紙のしわをのばしながら確かめる。「一枚でも、うれしいです」

「なんかちょっと汚れてるし、裏にメモみたいなのも」

「大丈夫。わざわざ、ありがとうございます」

これを見たときは、僕も驚いた。先週のある朝、研究室に来てみると、僕の机の上にあったのだ。先輩の話によれば、その少し前に「堀川の友人」を名乗る茶髪の男がふらりと入ってきて僕の席を訊ね、それを置いていったのだという。

しわだらけで、裏には誰かの電話番号や〈40万〉の文字。メモに使ったこの紙を、丸めて部屋のゴミ箱にでも捨てたのだろう。それを清田がさがしてくれたということが、本当に意外だった。

僕はそのあとすぐ清田にラインを送って、礼を言った。既読にはなったが、返信はなかった。

たぶんこれから先も、ないだろう。それでも僕は、ほっとした。何にほっとしたのかは、うまく言えないけれど。

木陰のベンチに並んで座った。日傘を差した女子学生が目の前を通り過ぎていく。

「コンビニ、辞めたんですね」僕は言った。「昨日、店長さんに聞いて」

「――はい。今、別のコンビニで働いてます」

「え、またコンビニ？」もっと割のいい仕事に変えたのかと思っていた。「なんでまた――」

「あそこ、もうダメです。この前、地震研の院生が一人、お店来ました。わたしの顔は、見られなかった思いますけど。他のスタッフに聞いたら、たまに来るって。たぶん、近くに住んでます」

「……そっか」僕は、彼女が何か危ない橋を渡っているのではないかと、俄然心配になってきた。「変なこと訊くけど――名前、『マイ』ですよね。『グエン・ティ・スアン』っていうのは、もしかして偽名？」

「ああ……それも聞きましたか。そうですね。わたしの名前は、『グエン・ティ・マイ』です」

「大丈夫なんですか、偽名なんか使って」

「大丈夫じゃないです」グエンは観念したように頰をゆるめる。「でも、バレないと思います。お店に見せたビザとか証明書、全部本物。それに、わたし、グエン・ティ・スアンのこと、誰よりよく知っています。わたしの妹ですから」

「妹？　日本にいるんですか？」

「はい。一緒に住んでます。日本語学校に通ってます」

「じゃあ、妹さんの代わりに働いてるってこと？」

「スアンは別のアルバイト、毎日頑張ってます。わたしも、スアンの名前と書類借りて、バイトです。わたしたちの顔、そっくりですから、写真じゃわからない」グエンは眼鏡を軽く持ち上げた。「妹はコンタクトなので、これははずしますけど」

「でも、なんで名前を借りたりなんか」

「明都大の国際奨学プログラム、アルバイト禁止です。ルール破ったら、ペナルティある。それに、ベトナム人の印象悪くなります。国の後輩たちに、迷惑かかる。でもわたし、もっとお金要ります。奨学金では足りません」

「もしかして、妹さんのため？」

「――そうです」グエンはうなずいた。「スアンは昔から洋服が好きで、いつかファッションの仕事したい言ってました。わたしが日本来たので、妹も日本来て、服飾の専門学校に行きたい思ったんです。そのためには、まず、日本語学校入らないといけない。留学ビザで入国するために、スアンはベトナムのあっせん業者使いました。良くない業者でした。日本で勉強しながら、働いてお金返せる。そう言われて、たくさん借金したんです。一年目の学費とか、手数料とか、百二十万円」

「ああ……」気の毒だが、よくある話なんだろうと思った。

「ちゃんと、相談してくれたらよかったのに」グエンは小さくかぶりを振る。「今年の春、スアンがこっち来てから、そのこと聞きました。妹がアルバイト頑張っても、わたしが節約頑張っても、日本語学校の来年の学費、払えません。このままだと、妹はベトナム帰って、借金だけ残る。だからわたし、働くことにしたんです」

「でもそっちも、勉強とか研究とか、大変でしょ」

「夜はアルバイトなので、朝早く大学来ます。五時とか六時とか」

「全然寝られないじゃないですか」

「それぐらい大丈夫」グエンはあごを上げ、遠くを見るように目を細める。「わたし、日本で好きなことしてますから。家族のためじゃない、自分のためにです。どこか会社で働いて、お金稼いでたら、妹こんな苦労しなかったのに」


僕が最初に出会ったグエンは、使えないコンビニ店員だった。その薄い皮の下には、優秀な大学院生という本当の姿があった。そしてその真ん中には、ベトナムの農村で育った家族思いの彼女がつまっている。

意外なことばかりだと考えるのは、間違いだ。深く知れば知るほど、その人間の別の層が見えてくるのは、むしろ当たり前のこと。今はそれがよくわかる。


グエンが口を手で覆(おお)った。小さくあくびをして、ふふっと声を漏らす。

「そんなこと言ってたら、眠くなってきました。九月に学会あります。その準備、忙しくて」

「研究発表するんですか」

「はい。今回解析したデータで、初めて論文書けそうです」

「すごいですね」

「でも、解析手法、教授が考えたやり方ですから。わたしの研究、その真似です」


そこでグエンは、何か思い出したように僕に顔を向けた。

「そう、研究も、人の真似からスタートですよ。過去の研究、誰かの方法、たくさん勉強して、同じようにやってみる。うまくいかないところ、もっとうまくやりたいところ、必ず出てきます。そしたら、工夫しますね。そうやって、ちょっとずつ進歩します。ほんのちょっとずつ。

あなたのも、同じでしょ」

「僕のって?」

「段ボールのロボットです」

「ああ――」グエンは今、コンビニでの話の続きをしているのだ。

「誇り、持ってください。すごい思いつきなくても、真面目に勉強して、こつこつ研究して、ちょっとずついいもの作る。日本という国を作ったの、そういう人たちです。口うまいだけの人、要領いいだけの人じゃない。違いますか。わたしたちベトナム人、そう思ってます。真似したい思ってます」

自分でも不思議なくらい、胸が熱くなった。高度経済成長期の技術者でもないのに。

「僕、就活再開したんです。明日、面接があって」久々の二次面接。茨城にある機械部品メーカーだ。小さな会社だが、そこにしかない面白い技術を持っている。「段ボールロボットの話、してみようかな」

「動画も見せるといいです」

「いや、それはさすがに……でもまあ、見たいと思ってくれたら、いいですけど」

「思わない会社、ダメですよ」

日本の就活の現実を知らないグエンの言葉にも、いら立ちは感じなかった。むしろ、吹っ切れたような気持ちになる。

「こんな季節」僕は顔を上げて言った。「そろそろ抜け出さないと。八月も終わりだし」

「わたし――」グエンも空に目を向ける。「早く冬、来てほしいです」

「冬が好きなんですか」

「嫌いです。ベトナム人ですよ」グエンは小さく笑った。「雪が見たいんです。ちょっと降るのは去年見ました。ちゃんと積もった雪、見てみたい」

「そういうことか」

「知ってますか。内核にも、雪が降るんですよ」

「え？」

「もちろん、見た人いません。仮説です」

グエンは両手で球を作った。

「内核は、地球の中にある、もう一つの星です。大きさ、月の三分の二ぐらい。熱放射の光をもし取り除けたら、銀色に輝いて見える星。それが、液体の外核に囲まれて、浮かんでる。この星の表面、びっしり全部、銀色の森です。高さ百メートルもある、鉄の木の森。正体は、樹枝状に伸びた鉄の結晶です。

そして、その森には、銀色の雪が降っているかもしれない。これも、鉄の結晶の小さなかけらです。外核の底で、液体の鉄が凍って生まれる。それが、内核の表面に落ちていきます。ゆっくり、静かに、雪みたいに」

その幻想的な光景が目に浮かんでいるかのように、グエンは空を見上げる。

「鉄の雪は、そのあとどうなるんですか」僕は訊いた。「また溶けるとか？」

「積もります。積もって固まって、ちょっとずつ銀の星が大きくなる」

「え？　内核って、大きくなってるんですか？」

「はい。地球がまだ若い頃、中は今より熱かった。コアは全部溶けてました。地球がだんだん冷えて、真ん中で固まり始めました。内核の誕生です。たぶん、十億年前より最近のこと。それからちょっとずつ成長して、今のサイズなりました」

地球の中心に積もる、鉄の雪――。

僕の中にも芯があるとしたら、そこにも何か降り積もっているだろうか。少しずつでも、芯は大きくなっているだろうか。

グエンは細いあごをつっと上げ、視線をまた空にやった。そして、軽くその目を閉じる。

「わたし、もっと研究頑張って、聴きたいです」グエンがそっと言った。「銀の森に降る、銀の雪の音」

「――うん」

僕も、耳を澄ませよう。うまくしゃべれなくても、耳は澄ませていよう。その人の奥深いところで、何かが静かに降り積もる音が、聴き取れるぐらいに。

グエンの横で、僕も空を仰いだ。

八月、僕の中にこもり続けていた熱を、銀の雪が冷ましていく。

いつもよりわずかに軽い風が、頰を撫でた。ツクツクボウシがどこかで鳴き始める。

夏の終わりは、もうすぐそこだった。

海へ還る日

スーツ姿の中年男性に、舌打ちをされた。

すぐ前のドアから乗り込んできて、果穂をのせたベビーカーのタイヤに足を引っかけたのだ。

わたしは「すみません」と謝りながら、ハンドルを自分のお腹に力いっぱい引きつける。

車両の奥へと押し込まれる乗客たちが、わたしと娘に冷たい一瞥を投げていく。邪魔。さっさとためよ。非常識な女。目がそんな台詞を吐いている。

ドアが閉まり、電車が動き出す。すし詰めとまではいかないが、互いの肩や肘が触れ合うほどの車内に、隙間はもうほとんどない。

すぐそばでスマホをいじっている黒いマスクの若者が、またわたしのほうを見た。電車が揺れるたびにベビーカーが脚に当たるのが気に入らないらしい。苛立ったような指の動きで、スマホに何か打ち込んでいく。朝っぱらからベビーカーうぜえ。そんな一文が頭に浮かぶ。

果穂がぐずぐずぐず言い始めた。ポケットからラムネを取り出し、一粒口に入れてやる。それぐらいで機嫌は直らないが、しばらくは口を閉じていてくれる。

やがて電車はブレーキを軋(きし)らせながら、京成高砂(けいせいたかさご)駅に入っていく。わたしは泣きたくなった。ホームは人でいっぱいだ。

いったん降りようか。でも、ここから次の電車に乗り込むのはもっと難しいだろう。素早く安全ベルトを外して娘を片腕で抱き上げ、もう片方の手で何とかベビーカーを折りたたむ。

扉が開き、何人かが降りていく。ドア脇に空いたスペースに移動して娘を立たせてみたが、案の定、すぐに「だっこ」と泣き始めた。仕方なく、また抱き上げる。ホームから乗客が押し込んできて、あっと言う間に身動きが取れなくなった。

電車が動き始める。どうしよう。二歳と九ヵ月の果穂は、もう十三キロある。片腕で娘を抱き、片手でベビーカーを支えて、あと二十分。とてももたない。

今度は「おりたい」と言って足をばたつかせた娘の靴が、女性のジャケットを擦った。女性はこれ見よがしに何度もその部分を手で払う。わたしはまた「すみません」と頭を下げる。

腕がしびれてきた。子連れで通勤時間帯の電車に乗ってくるほうが悪い。そんなことはわかっている。だが、この時間にしか病院の予約が取れなかったのだ。それに、本当はもう一時間早く家を出るつもりだった。でも、果穂が起きてからずっとぐずっていて、支度が進まなかったのだ。

もう限界。力が入らない。娘の体がずるずる下がっていく。それを嫌がって娘が大きな泣き声を上げた。車両中から刺すような視線を感じる。こっちの目にも涙がにじんでくる。

そのとき不意に、後ろから誰かに肘のあたりをつかまれた。驚いて首を回すと、ロングシートの端の席で、グレイヘアの女性が腰を浮かせている。

「ここ、座って」

「え——」

戸惑っているうちに、女性は立ち上がった。「ちょっとごめんなさいね」と周りの乗客を押しのけながらベビーカーをつかむと、わたしの腕を取って自分の席に座らせる。

「ありがとうございます」果穂を膝にのせながら言った。こめかみを汗がつたう。

女性はわたしの目の前に立った。ベビーカーのハンドルを持たせたままなことに気づいて、慌てて手を伸ばす。女性は「いいのよ」とかぶりを振った。

「大変よね、電車は」

「すみません、本当に……」

小柄だが、姿勢がいい。さっきの動きも俊敏だった。それでも歳は七十歳前後だろう。そんな人に席を譲ってもらったことが、ただ申し訳なかった。

「どちらまで？」

「上野です」

「じゃあ、同じね」

そのときまた、果穂がぐずり出した。ラムネをもう一粒口に入れてやろうとするが、体をよじって拒み、泣きながら「もうおりる」と連呼し始める。

「お嬢ちゃん、ほら」女性が果穂の目の前に、カラフルな小さい紙を二枚差し出した。片方はクジラ、もう片方はイルカのかわいいイラストが描かれたシールだ。「どっちがいい？」

果穂はぴたりと泣き止んだ。女性の顔と二枚のシールをしばらく見比べてから、クジラのほうに手を伸ばす。

「クジラが好き？」シールを手渡しながら女性は訊いた。

「……すき」果穂が小さな声で答える。

「毎朝見てる子ども番組で、クジラの歌をやっていて」わたしは言った。「最近は、歌うといえばその歌ばっかりで」

「そうなの。どんなお歌かしら。ちょっと歌ってみて」

果穂は恥ずかしそうにかぶりを振った。女性は笑いながら訊く。

「お嬢ちゃん、お名前は？」

「――のうらかほちゃん」

「ああ、野村です」わたしは言った。「この子、むが苦手で」

「かほちゃんなのね。うちの孫にもいるのよ。もう高校生だけど。どういう字かしら」

「果実の果に、稲穂の穂です」

「孫はね、夏に帆船の帆。じゃあ果穂ちゃん、こっちもどうぞ」女性はイルカのシールも娘の手に握らせた。

「すみません、ありがとうございます、色々と」

たわいない会話を続けているうちに、電車は終点の上野に近づいていた。女性がバッグからまた紙を一枚取り出す。

「上野の自然史博物館でね、今こういうのやってるのよ」

手渡されたものは、チラシだった。クジラを囲むようにして、イルカやシャチ、アザラシなどが泳いでいる。

「〈海の哺乳類展〉――イベントですか」

「そう、特別展。月末までやってるから。初日に来た子どもたちは、そのシールがもらえたの」女性はそう言って果穂に顔を寄せる。「博物館に行くとね、大きなクジラの模型もあるし、本物の骨だって見られるのよ。ほんとにすっごく大きいから、きっとびっくりしちゃうわよ」

ベンチでおにぎりを食べ終えると、果穂は早速噴水に近づいていった。首をのばして中をのぞき込むが、水に触れようとはせず、どうしたらいいかという顔でこちらを振り返る。臆病で、受け身になりがちなところは、わたしによく似ていると思う。

娘と上野公園まで来たのは初めてだった。五月晴れに誘われた人々が、あちこちでランチをしている。隣りのベンチの親子は手作りのお弁当を広げているが、病院からの帰りにふと立ち寄っただけのわたしたちは、コンビニのおにぎりとサンドイッチだ。

幸い、検査の結果は今回も、心配が増すようなものではなかった。

果穂は生まれつき心臓の弁にわずかなずれがあり、半年に一度、経過を観る検査を受けている。異常はごく軽度で、今のところ治療の必要はない。このままの状態で成長してくれれば、何の制限もなく日常生活を送ることができるという。でも、もしずれがひどくなっていくようなことがあれば、手術が必要になるかもしれないとのことだった。

半年ごとに募(つの)るこの不安を共有してくれる人は、誰もいない。共有すればそれがいくらか軽くなるのかどうかさえ、わたしにはわからない。

検査を受けている大学病院の小児循環器科では、もっと重い病気を抱えた子どもたちにたくさん出会う。今日待合スペースにいた女の子は、果穂よりまだ幼いというのに、もう二回も大きな心臓手術を受けたそうだ。横にいた別の母親とそんな話をしていた。生まれたばかりの赤ちゃんが、たくさんの管につながれて処置室に運ばれていくのを見たこともある。

だから、あそこの長椅子で順番を待っているといつも、ある思いにとらわれてしまう。

なぜわたしが、わたしのような人間が、健康な体で生まれてきたのだろう――と。

わたしの意識はやがて宇宙へと飛び出し、妄想じみた考えが頭をめぐる。

この世界を創り出した神なるものが、いるとして。

その彼だか彼女だかは、一つ一つの命のことなど、何も気にかけてはいない。個々の生にいちいち運命を設定したり、それに手心を加えたりなんて面倒なことは、するはずもない。

わたしたちは、偶然に生まれ、偶然にはじける、一粒の泡だ。神はただ、宇宙の片隅で無数の泡が浮かんでは消えていくさまを、無表情に眺めているだけ。

あるいは。やはり神などいないのだ——。

いつの間にか、果穂が戻ってきていた。ベンチによじ登ろうとしている。

「どうしようか、これから」ひとり言のようにつぶやいた。

「ばあばのおうち、いく」

「行ったって、誰もいないよ。ばあば、天国に行っちゃったでしょ」亡くなったのは、去年の十一月だ。わたしも暮らしたあのアパートには、もう他の人が入っているかもしれない。

「ちばのばあばじゃないよ。とうきょうのばあば」

「え——」

それは、別れた元夫の母親のことだった。どうしても果穂の顔が見たいと言われて、お正月に二年ぶりに会った。三人でファミリーレストランで食事をしたのだが、ばあばがもう一人いるとわかったことが、この子はよほど嬉しかったらしい。

「急には、無理だよ。また今度」

娘が突然こんなことを言い出したのは、今朝電車であの女性と話をしたせいかもしれない。ごみをまとめたコンビニの袋をバッグに突っ込んだとき、彼女にもらったチラシに手が触れた。取り出して開くと、果穂がのぞき込んで言う。

「じゃあ、クジラみる」

国立自然史博物館はこの公園内にある。小学生のとき、校外学習で一度だけ来たことがあった。チラシの地図で場所を確かめてみると、すぐそばだ。木々の向こうにそれらしき建物が見えている。

あの女性の言葉を聞いて、館の屋外に大きなクジラの像があったことを思い出していた。それだけ見せてやれば気がすむだろう。わたしは果穂の手を引きながら、ベビーカーを押して歩き出した。

木立ちの間を、煉瓦(れんが)造りの古めかしい建物に向かって進む。やがて、そのすぐ左側に青い巨体の一部が見えてくる。博物館の正面に出ると、果穂が「あ、クジラだ!」と声を上げ、ちょこちょこと駆け出した。わたしも小走りで追いかける。

像のそばまで来た果穂は、それを見上げて「おおきいねー、おおきいねー」と繰り返した。それは本当に迫力があった。説明板には、体長三十メートルの実物大模型とある。潜(もぐ)ろうとしているところなのか、頭を下にして体を傾け、尾を曲げている。ヒゲや体の模様まで細かく再現されていて、とてもリアルだ。

「シロナガスクジラ、だって」わたしは説明板の内容を伝えてやる。「全部の動物の中で、一番大きいんだって。赤ちゃんでも七メートル。すごい、ママの何倍も大きい」

しばらくそれを眺め、そろそろ帰ろうと声をかけると、果穂が「かえらない。ほんもののクジラみる」と言った。

「本物は見れないよ。遠くの海に行かないと」

「あるよ。ほんものあるって、いったでしょ」

「ああ――」言いたいことがわかった。「骨のこと？　骨は動かないけど、いいの？」

「いいの」果穂ははっきりうなずいた。


壁全体に海中の映像が映し出されている暗い空間を抜けると、広い展示スペースに出た。「海の哺乳類展」のメイン会場だ。

まず目に飛び込んできたのは、入ってくる客に向かって口を開け、歯を見せているクジラの頭。マッコウクジラ頭部の実物大模型だそうだ。通路をはさんだ向かいには、わたしの背丈の倍ほどもあるアザラシの剝製（はくせい）が鎮座している。ミナミゾウアザラシ。それを見た果穂が、「こわい」とわたしの脚にしがみついてくる。

平日だからか、客の入りはそれほどでもない。家族連れよりも、友人同士や学生のカップルが目立つ。人だかりができているような場所はなく、果穂の手を離しても心配はなさそうだった。

アシカやセイウチ、ラッコなどの剝製を見ながら順路に沿って進み、〈クジラの世界〉と書かれたエリアに入っていく。

「ここからクジラのコーナーだって」果穂に言ってやる。

「クジラじゃないよ、イルカさんだよ」

確かに、果穂が見上げた大きなモニターに流れているのは、群れをなして泳ぐイルカの映像だった。その横に飾られた数体の骨格標本も、イルカとシャチのものだ。

パネルの解説文を読んで、驚いた。イルカもシャチも、分類学的にはすべて〝クジラ〟なのだそうだ。小型のハクジラのことを、俗に〝イルカ〟と呼んでいるだけらしい。

それを説明してやろうとすると、果穂が「クジラ、いた！」と言いながら駆け出した。巨大なクジラの模型と全身骨格が、並んで天井から吊り下げられている。

果穂は真下に立ってそれを見上げ、また「おおきいねー、おおきいねー」と連呼した。解説パネルによれば、実物大模型はザトウクジラで、全身骨格はマッコウクジラ。体長はどちらも十メートル以上ある。通路脇の展示台には、シロナガスクジラの子どもの頭骨も置かれていた。

「カバさん、なんでいるの？」果穂が唐突に言った。指差している壁の大きなパネルに、娘の言うとおり、カバの大きな写真がある。

パネルのタイトルは、〈海に還った哺乳類〉。そこにはまた意外なことが書かれていた。クジラとカバはとても近い動物だというのだ。「鯨偶蹄目（くじらぐうていもく）」という聞き慣れないグループが、ラクダ、イノシシ、ウシなどの系統に進化していく中で、カバとクジラが最終的に枝分かれしたということらしい。言われてみれば、どちらも水の中で暮らすという共通点はある。

五千万年前、水に足を踏み入れるようになったというクジラの祖先の骨格標本も置かれていた。復元図を見る限り、パキケトゥスなるその四つ脚の獣は、クジラどころかカバにも似ていない。どちらかというと、頭の大きなイヌだ。彼らの末裔（まつえい）のうち、海の暮らしがとくに気に入った一群が、とうとう陸に戻ってこなかったということか――。

それから三十分近くの間、果穂は展示物の間をちょこまかと動き回った。さすがに疲れたのか、もう歩けないと言い出したので、ベビーカーに乗せて出口に向かう。

出口の手前で、足が止まった。視界の端にふと、クジラの絵が見えたのだ。

会場の隅の奥まったスペースが、ギャラリーになっている。写真ではなく、絵だということが少し気になって、一番手前に飾られたシンプルな額縁に近づいた。

収められた絵は幅三十センチほど。水彩画だろうか。横から見たクジラの体だけが、驚くほど精密に描かれていた。小さな説明書きには〈ニタリクジラ〉の表記と、学名か何かの横文字。

わたしは奥へと進んだ。客の姿はほんの数人。壁に並んでいるのはすべて、クジラとイルカの絵だった。ミンククジラ、コククジラ、ホッキョククジラ。ハンドウイルカ、アマゾンカワイルカ、オキゴンドウ。タッチが似ているので、同じ画家の手によるものだろう。

壁の中ほどに、ひと回り大きな絵があった。シロナガスクジラ。

迫力という点では、当然ながら屋外の巨大な像にはかなわない。鮮明さという点でも、写真には及ばないだろう。

それなのに、見れば見るほど、目が離せなくなる。描き込まれているものすべてを確かめたくなる。どれも美しい作品であることは間違いないのに、美術館ではなく、博物館にこそふさわしい絵だと強く心に感じるのだ。なぜだろう、本当に――。

そのとき、斜め後ろから男女の話し声が近づいてきたかと思うと、「あら！」と呼びかけられた。何事かと振り返れば、女性のほうはなんと今朝の電車の彼女だ。

「ああ、さっきはどうも……」事情が飲み込めないまま、目を瞬（しばたた）かせて会釈する。

「さっそく来てくれたのね」

女性はそう言うと、横のネクタイの男性と手短に話を済ませた。二人とも首から職員証を提げている。館のスタッフなのだ。一人こちらにやってきた彼女に、わたしから言った。

「ここの方だったんですね」

「ここのといっても、とっくに定年よ。今は委託で続けさせてもらってるだけ」

彼女が手をやった職員証には、〈動物研究部（委託）宮下和恵〉とある。ベテラン事務員として定年後も頼りにされているのだろうかと、勝手な想像をした。

「あらまあ」宮下さんは、ベビーカーの果穂を見下ろして微笑んだ。「寝ちゃったのね」

「寝てる？」横からのぞき込むと、確かに寝息を立てている。「ほんとだ。いつの間に」

「ちょうどお昼寝の時間かな。果穂ちゃんには、こんな絵つまんないだろうしね」

「わたしのほうは、つい見入っちゃって」

もう一度、シロナガスクジラの絵に目を向ける。宮下さんがすぐ横に来て、「ああ、これねえ」と低く言う。

「この絵は一番大変だったの。何だかんだで、描き上がるまで一年もかかっちゃって」

「え？」わたしは驚いて宮下さんを見た。「じゃあ、ここにある絵って――」

宮下さんが、ふふっと笑ってうなずく。「わたしの絵」

「画家さん、だったんですか」

「そんなご大層なもんじゃないわよ」宮下さんは顔の前で手を振った。「この館で先生方のお手伝いやなんかをしているうちに、ひょんなことからこういう生物画を描かせてもらうようになって」

「生物画……研究用の絵ですか」

「そうね。学術的な資料や本で使えるような。ここのクジラの絵は全部、あれの原画なの」

宮下さんは反対側の壁を指差し、そちらに近づいていく。そこに飾られていたのは、大判のポスターだった。

「――すごい」わたしは思わず漏らした。〈世界の鯨類〉というタイトルどおり、大小のクジラとイルカで紙幅が埋めつくされている。「何種類載ってるんですか」

「八十三種」

「八十三――」わたしはまた壁をぐるりと見回した。ここに出ていない原画が、まだ何十もあるのだ。それだけの絵を描き上げるのに、いったい何年かかったのだろう。

ポスターに目を戻したとき、横のパネルに宮下さんのことが書かれているのに気がついた。

〈当館動物研究部の非常勤職員として、小動物や昆虫の標本製作などに携わる傍ら、得意の絵を生かして出版物用の生物画を描くようになる。中でも、当館発行の「世界の鯨類」ポスターは、写真や計測値をもとに八十三種ものクジラを精密に描いた宮下氏の代表作。高い学術的価値をもつ資料として、世界の研究・教育現場で広く利用されている〉

わたしは気後れさえ感じながら、宮下さんの横顔をうかがった。親切な年配の女性。しっかり者のベテラン事務員。そんなイメージが、もっと鮮やかな色で塗り替えられていく。

「クジラやイルカはとくにだけど」宮下さんが隣りで言う。「水中でピタッと横向きになった写真なんて、まず撮れないじゃない？　だからこういう生物画が結構重宝されるのよ」

「なるほど」

目が合った宮下さんが、いたずらっぽい笑みを浮かべる。

「このポスター、ここの売店でも売ってるから、もしよかったら」

「え、そうなんですか？」

「これは今や貴重な初版なんだけど、改訂版がね。税込み八六〇円」

宮下さんの顔が再び、ほっと落ち着けるような女性のものに見えてくる。不思議な人だ。

「買って帰ります。絶対」それは本心だった。

「うれしいわねえ」宮下さんは、果穂の寝顔に微笑みかけてから言う。「お母さんまでクジラ好きになってくれたみたいで」

「好きになったというか……」もっとしっくりくる言葉をさがした。「いろいろ展示を見て回っているうちに、気が合いそうな気がしてきて」

「クジラと？　へえ、面白い。どんなところが？」

「例えば、わたし、人混みとか賑やかな場所が苦手で。クジラもたぶん、静かな深い海で、独りで泳いでるんだろうなって——」

「そうね。シロナガスクジラなんかは、繁殖期以外は基本的に単独行動。マッコウクジラみたいに水深二千メートルまで潜ったら、暗くて寂しい世界だわよ」

「ああ、やっぱり。だとしたら、クジラの祖先も、明るい太陽が苦手だったのかなって。もっと暗い静かな場所で暮らしたくて、海へ還っていったのかなって」急に気恥ずかしくなり、無理に口角を上げた。「こんなこと、笑われるかもしれませんけど」

「笑わないわよ」宮下さんは真顔になって言った。「わたしも、骨格標本とにらめっこしながらクジラを描いていて、よく絵に話しかけたもの。あんた、もとは四つ脚で歩いてたのに、脚なくなっちゃったんだねえ。手もこんな形になっちゃったんだねえ。それでも海がよかったんだ。海に還って、得たものは何？　その大きな体だけ？　とかね」

「それ、わかります」今度は自然と頰が緩む。「わたしも、クジラに訊いてみたいです。海の暮らしはどうですか、やっぱり陸より良いですかって」

「クジラにねえ」と笑った宮下さんが、何か思い出したように眉を持ち上げた。

「だったら、クジラの代わりに、クジラ研究者の話を聞いてみない？　今度の日曜、何か予定ある？」

「いえ、とくには……」

「常設展のほうで毎週末、研究者のトークイベントをやってるの。今週は、うちの網野先生なのよ。クジラの生態を長年研究してる先生でね。トークのテーマは、クジラの歌」

「歌？」

「そう。そのついでに、きっといつもの話もするはずよ。クジラの頭の中の話」

＊

ホーム中ほどのエレベーターの前には、ベビーカーの親子がもう一組待っていた。スーツケースを引いた若い女性二人組もやってきたが、わたしたちを見てあきらめたらしく、エスカレーターのほうへと踵を返す。

その去り際に、片方の女性がベビーカーの中の果穂をにらみつけた気がした。このガキ、もう歩けるだろ。そんな声が耳の奥で響く。

他人の頭の中を妄想するのは昔からの癖だけれど、最近はとくにそれがろくでもない想像ばかりになった。果穂が生まれて、見知らぬ誰かのあからさまな悪意を感じることが増えたからだろうか。

エレベーターを降り、ベビーカーを押して改札に向かった。

目を血走らせたスーツの男性とすれ違う。日曜に呼び出してきた上司を刺し殺したいというような顔だ。買い物袋を提げた女性が暗い目で売店のほうを見つめている。ストレス解消に万引きをしたくてうずうずしているのかもしれない。太った男性がぶつぶつ言いながらスマホをいじっていた。ネットにひどい書き込みでもして憂さ晴らしをしているのか。

わたしにとって街なかは、そんな負の感情が交錯している場所だ。誰かに褒められることもなく、周りから大切に扱われることもない。そういう人間であふれているように見える。

もちろんわたしもその一人だ。何の取り柄もない、天涯孤独なシングルマザーが、幸せそうに映るはずがない。娘を保育園に預け、給食センターと介護の仕事を掛け持ちする毎日が、輝いて見えるはずがない。

京成上野駅の正面口を出た。昼下がりの日差しがまぶしい。ベビーカーの日除けをのばし、果穂に帽子をかぶせてやる。

みすぼらしい格好の老人が、歩道に古雑誌を並べて売っていた。少年誌の表紙にあの漫画の主人公が見えて、嫌な気持ちが甦る。

それは、一昨日職場で同僚の女性が休憩中に読んでいた漫画だった。中学生の息子さんが買い集めた単行本に、彼女までハマってしまったらしい。「ほんとに面白いんだから」と寄越してきた一冊をめくってみて、気分が悪くなった。

それは戦乱の時代を描いた歴史ヒーロー物だったのだが、下っ端の兵や村人が、とにかく大量に死ぬのだ。戦場のリアルなどというものではない。超人的な強さを誇る主人公や敵将が、名も無き兵を次々と斬り殺していくシーンが続いていた。

普通の読者には、彼らの常識外れな強さとキャラクターが魅力なのだろう。でもわたしは、ひと言の台詞もなく首をはねられた村人にしか感情移入できなかった。

その漫画が特別というわけではない。戦争映画でもサスペンスのドラマでも、主要なキャスト以外の人間は、たやすく命を奪われる。その人生や事情は一顧だにされず、他の誰かの都合で殺される。そしてわたしは明らかに、簡単に死ぬ側の人間だ。

わたしは、自分の人生においてさえ、自分が主人公だと思ったことはない。子どもの頃からそうだ。学校では誰にも見つからないよう静かに息をしていたけれど、たとえそうしなくても、目立ってしまうようなことはなかっただろう。

授業中は妄想ばかりしていた。宇宙の果てはどうなっているのか、とか、時間に始まりと終わりはあるのだろうか、とか。そんな答えを探し求めているのは科学者だということはわかっていたが、数学と理科はとくに苦手な科目だった。休み時間や放課後は、一人図書室で本をめくっていることが多かった。文字を追うというよりは、挿絵を見ているのが好きだったのだ。得意なことも、夢中になれることも、なかった。勉強も運動も、人並み以下。なりたいものなど何もなく、ただ母親にだけなってしまった――。

交番の脇から、上野公園に入っていく。青々とした葉を茂らせた桜並木には、親子連れの姿も多い。動物園にでも行くのだろう。

今日、博物館のトークイベントに来るかどうかは、かなり迷った。娘を連れて電車で出かけるのはそれなりに大変だし、講演の間、果穂がずっとおとなしくしていられるとも思えない。おまけに昨夜は、保育園で必要になった巾着袋を遅くまで作っていて、寝不足だった。

それでも、海に還ったクジラの頭の中の話というのが、どうしても気になった。人間の中に殺伐としたものばかりさがしてしまう自分に、疲れ果てていたのか。あるいは、わたしもまた、還れる海をこの世界の他に求めていたからかもしれない。

父親に手を引かれた三歳ぐらいの女の子とすれ違う。まだタグのついたパンダのぬいぐるみを抱いていた。それを見たベビーカーの果穂が、「ママ」と体を起こす。

「クジラさん、ちょうだい」

「ああ、ちょっと待って」

トートバッグから小さなクジラのぬいぐるみを取り出し、渡してやる。先日、博物館を出るときに、ポスターと一緒にミュージアムショップで買ってやったものだ。果穂はもっと大きなサイズのものを欲しがったのだけれど、これしか買ってやれなかった。

わたしが育ったうちも、貧しかった。旅行に出たり、外食をしたりという記憶はほとんどない。ただ誕生日だけは、百円ショップで好きなものを二つ買ってもらえた。わたしが選ぶのはたいてい、ビーズやフェルトなどの手芸用品。祖母にやり方を教わりながら、アクセサリーや小物を作った。

近所の友だちの家に、かわいいウサギたちの人形とその立派な家のおもちゃがあった。今だによく思い出すということは、わたしはそれが欲しかったのだろう。でも当時は、そんな気持ちにさえふたをしていた。子どもながらに、自分はそういうものに当たっていないと知っていたのだ。

果穂もいつか、それを知ってしまうのだろうか。大きなぬいぐるみも買ってやれず、好きな習い事もさせてやれず、行きたい学校にも通わせてやれずにいるうちに。

元夫――慶彦(よしひこ)の母親と会ったことは、結果的にはよかった。あれ以来、毎月五万円の養育費がきちんと振り込まれるようになったからだ。わたしは別に、それが滞っていることを非難がましく彼女に伝えたわけではない。「慶彦、養育費とかちゃんとしてるのかしら?」と訊かれたので、事実を答えただけだ。彼の実家はそれなりに裕福で、両親とも体面を重んじるタイプに見えた。だから、振込人こそ慶彦の名前になっているものの、実際に払っているのは親に違いない。

血のつながった果穂を夫の両親が可愛く思っているのは本当だと思う。「差し出がましいようだけど、教育費、少しずつ積み立てておくからね」とも言ってくれた。慶彦とはもうメールのやり取りすらないが、もし両親が望むなら、これからもたまに果穂の顔を見せてあげてもいい。でも、もし彼が再婚でもして他に孫ができたら、果穂のことなどすぐに忘れてしまうだろう——。

噴水の広場の手前で右に折れる。すぐ横の野球場から、大きな掛け声が聞こえた。果穂が「おかしちょうだい」と言い出したので、ラムネを二粒握らせる。

「クジラさん、ラムネたべる?」ぬいぐるみをひざにのせた果穂が訊いてきた。

「うーん、ラムネは食べないんじゃないかな」

「じゃあ、なにたべる?」

「えっとねえ」わたしは「海の哺乳類展」で知ったことをひねり出す。「確か、小さいお魚とか、プランクトン。プランクトンっていうのは、海の中に浮かんでる、ちっちゃいちっちゃい生き物のこと」

「ふうん」

プランクトンもいいな、とふと思った。

わたしが海に還るとすれば、の話だ。

深海魚、あるいは貝もいいと思っていたが、プランクトンが一番いいかもしれない。

プランクトンに生まれて、海中を漂う。自分の意思や力で泳いだりしなくていい。ただ潮の流れに任せるだけ。喜びもないけれど、苦痛もない。生きていると実感することもないだろうが、それは今も同じだ。

そのうちに、巨大な影が近づいてくる。シロナガスクジラだ。あっという間に飲み込まれる。束の間の静寂。気づけばまた、プランクトンとして生まれている。そして、クジラの餌になる。永遠にその繰り返し。最高だ。

中学生のとき、クラスで前世占いが流行(はや)ったことがある。盛り上がる同級生たちを横目に、わたしは一人思いにふけっていた。

生まれ変わりなどというものが、あるとして。

人間が人間に生まれ変わるはずがない。ほとんどの生き物は、細菌などの微生物に生まれ変わるはずだ。何せ、圧倒的に数が多いのだから。

あるいは。やはり生まれ変わりなどないのだ——。

それなのに、この子は、果穂は生まれてしまった。わたしの娘として生まれてしまった。

もともと、子どもが欲しいと思ったことはなかった。むしろ、それを恐れていた。だから、誰かと結婚するとも思っていなかった。

わたしは地元の商業高校を卒業したあと、学校の紹介で都内の建材メーカーに就職した。慶彦は、当時うちの会社によく来ていた取引先の建設会社の社員だ。お茶を出すたびに話しかけてきて、やがて食事に誘われ、何となく付き合いが始まった。訊ねたことがないので、わたしのどこがよかったのかは知らない。ただの気まぐれだったというのが、今となれば一番しっくりくる。

半年も経たないうちに、果穂を妊娠した。自分のお腹に命が宿ってしまったことに、わたしは怯(おび)えた。かといって、それをなかったことにする勇気もない。妊娠を告げると、じゃあ籍を入れようかという話になった。彼の態度はとても前向きには見えなかったので、もしかしたら、けじめをつけろと両親に強く言われたのかもしれない。式なんか挙げなくていいからとわたしが言うと、彼はほっとしたような顔で同意した。

果穂は難産だった。ほとんど丸一日かけてわたしの中から出てくると、元気よく泣き声を上げた。裸のまま胸におかれたこの子の顔を見て、わたしも震えて泣いた。

ねえ、いいの？　あなた、わたしの赤ちゃんなんだよ――。

心の中で何度もそう問いかけながらも、自分の中で何かが芽生え、懸命に奮い立とうとしているのを感じていた。それが愛情と呼ぶべきものなのか、そのときはまだわからなかった。わかったのは、怯えている場合ではないということだ。怯えていては、この子は死ぬ。この子には、わたししかいないのだ。わたしはちゃんと、母親になろうと思った。

だが、果穂が生まれてきても、わたしたちは普通の家族にはなれなかった。慶彦は、子どもに関するすべてのことが煩わしそうだった。時間やお金の使い方を変えることは一切なく、それどころか、夜も週末も家にいないことがそれまで以上に増えた。

離婚したいと慶彦が言い出したのは、果穂が一歳になってすぐのことだ。娘の初めての誕生日さえ友だちと飲み歩いていたので、驚きはしなかった。たぶん彼は、わたしと違って、自分のことが誰より大好きな人なのだ。そういう人間のまま結婚生活を続けるというのは、わたしが思うよりずっと難しいことなのかもしれない。

たとえわたしが泣き喚いたとしても、慶彦が変わってくれるとは思えなかった。それに、さしたる覚悟もなく結婚という選択をしてしまったのはわたしも同じだ。初めての育児に必死で、彼と揉めるだけのエネルギーは残っておらず、最低限の決め事だけをして離婚に応じた。

果穂と二人で暮らし始めたのは、江戸川にほど近い小さなアパート。給食センターで調理補助の仕事を得たものの、やはり生活は厳しい。土曜にも介護のパートを入れるようになった。

ある土曜日、お迎えの時間に仕事で十五分遅れて保育園に着くと、広い部屋に残っていたのは果穂だけだった。バザーで買ったぶかぶかの長袖シャツを着て隅っこにぺたんと座り込み、職員さん手作りの人形で一人遊びをしていた。大急ぎで来たのと、疲れていたのとで、よほど顔が強張っていたのだろう。果穂はわたしを見て、「ママおこってる。かほちゃん、まってたのに」と涙を流した。

その姿に、わたしは慄然（りつぜん）とした。この子は、かつてのわたしだ。そして、わたしはやっぱり、わたしでしかなかった。簡単に変われないのは、慶彦だけではないのだ。張りつめていたものが、ぷつんと切れるのを感じた。しゃくり上げる果穂を見つめたまま立ちつくし、しばらくの間、抱き上げてやることとさえできなかった――。

「ねえママ」ベビーカーの果穂が無邪気な声を出す。「ラムネもっとちょうだい」

開いた小さな手にラムネをもう二粒のせる。それを握った指先にちょんと生えた爪の形は、まるでわたしのミニチュアだ。

わたしに父がいなかったように、この子のそばにも父親はいない。わたしの母がわたしに何もしてくれなかったように、わたしもこの子に何も与えてやれない。

結局この子は、ただわたしの人並み以下の遺伝子だけを受け継ぐのだ。物心がつく頃には、自分がはずればかりを引いたということを知り、空虚な生を再生産するのだ。

「――ねえ、果穂」

ベビーカーを押しながら、わたしは静かに言った。

「お母さんのところ、行こうか」

「だれ？」

「ママの——ママ」

「どこ？」

わたしはそれ以上答えず、博物館へと歩を進めた。


「皆さんは、深海っていうと、どんなイメージありますか？」

網野という講師が、四、五十人の聴衆を見回しながら訊いた。最前列に座る小学校低学年ぐらいの男の子が、「深海魚！」と叫ぶ。

「いいねえ」網野先生が、ひげに覆われた口もとを緩める。「今日はリアクションがあって、すごくやりやすい。そう、チョウチンアンコウとかね。頭の提灯を光らせて餌をおびき寄せられるのは、周りが暗いから。深海は、暗くて静かなところです。だから、そこで暮らすクジラは、音をよく利用する。〝音感の動物〟なんていわれてましてね」

トークイベントの題目は、〈クジラは歌う—鯨類の生態と社会—〉。フロアの一画のオープンスペースに椅子を並べただけの会場で、出入りは自由らしい。わたしは何とか最後列に席を確保できたが、立ち見の客が十人以上いる。

網野先生はスライドを進めた。動物研究部の研究主幹という肩書きだったが、その日焼けした顔と、よれよれのTシャツにジーンズという格好は、海の家の主人と言われたほうがまだ似つかわしい。おまけに足もとはビーチサンダルなのだ。そのせいで、スクリーンの前を横切るたびに、ぺたぺたと音がする。

「例えば、イルカやクジラは、いろんな周波数の音を発して、それが周囲の物体に反射して戻ってくるのを聴いています。餌がどこにあるか、仲間がどこにいるか、海底の地形はどうなっているか、なんてことを調べているわけですね。難しい言葉でいうと、『エコーロケーション』というやつです。コウモリなんかも、この能力を使って暗闇を飛んでいますね。

それから、イルカやクジラは互いのコミュニケーションにも音を使います。かなり複雑な声を出して、仲間と交信するんですよ。『イルカ語』って聞いたことある人います？　あ、手を挙げたら歳がバレますよ」

大人たちの間でどっと笑いが起きる。先生は満足げにひげをひと撫でし、続ける。

「数十年前までは、イルカ語、クジラ語を何とか翻訳しようという研究が盛んに行われたんですよねえ。でも結局、はかばかしい成果は得られなかった。今ではほとんどの研究者が、イルカやクジラの声はいわゆる『言語』ではない、と考えています。コミュニケーションに使われていることは間違いないんですが、言語としての自由度や発展性がない。まったく、夢のない話で申し訳ないんですが」

わたしは首を回し、展示スペースのほうをうかがった。クジラのぬいぐるみを抱いた果穂が宮下さんと鳥のコーナーにいるのがさっきまで見えたのだが、もうそこに姿はない。他所へ移動したようだ。

この会場に着いたとき、準備を手伝っていた宮下さんと出会った。すると彼女が果穂に、「ママがお話聞いてる間、おばちゃんと遊んでようか」と言ってくれたのだ。宮下さんは子どもの相手が上手だし、果穂も「クジラのおばちゃんだ」と珍しく自分から寄っていったので、四十分の講演の間だけ、お言葉に甘えることにした。家を出る前に昼寝をさせてきたので、機嫌はいいはず。ぐずったらすぐ連れてきてもらうことになっている。

「じゃあ、ここで一つクイズです」網野先生の話は続いている。「ザトウクジラが本気を出したら、その声はどのぐらい先まで届くでしょうか？」

さっきの男の子が「宇宙まで！」と叫んだ。

「いいねえ。そう、距離だけでいえば、宇宙まで届いちゃう。正解は、一八〇〇キロ。深い海で雑音がなければ、ですが。ザトウクジラが伝言ゲームをしたら、太平洋の端から端まで、たった数頭で伝言が届く計算になる。そして、ザトウクジラといえば、今日の演題にもあるように、『歌』です」

わたしには何のことかわからないが、周りの聴衆は何人もうなずいている。こういうイベントに来る人たちは、もともと知識があるらしい。

「ザトウクジラのオスが発する複雑な連続音のことですね。繁殖期にしか歌われないので、要するに、メスに向けたラブソングですよ。同じ時期に同じ海域にいるオスたちは、みんな同じ歌を歌う。長いものだと三十分。一曲終わると、休憩をはさんで次の歌。場合によっては一日中歌うんです。歌のフレーズやパターンは、数カ月、数年という時間をかけて少しずつ変化していくんですが、同じ海域のすべての歌い手が、その変化についていく。面白いですよねえ。まあとにかく、一度聴いてもらいましょう」

スピーカーにつないだパソコンを先生が操作した。まず響いてきたのは、牛の鳴き声に似た低音。かと思うと突然ピッチが上がり、バイオリンのような甲高い音になる。それに時おり、破裂音や笛の音のようなものが混ざる。水中だからかエコーが効いていて、神秘的だ。

先生は音声ファイルのボリュームを落とし、「美しいでしょう」と目を細めた。

「クジラたちもね、いい歌だなあと思いながら歌ってるんですよ。ちゃんと証拠がある。一九九七年、オーストラリア東岸の南太平洋に暮らすザトウクジラたちのところに、オーストラリア西岸のインド洋から数頭の『吟遊詩人』クジラがやってきたんです。わかる？　吟遊詩人」

先生は前列の子どもたちに問いかけた。ギターをかき鳴らす真似をしながら簡単にその説明をして、続ける。

「するとですね、オーストラリア東岸のクジラたちは、それまでずっと歌い続けていた歌を捨てて、その吟遊詩人クジラたちの歌――インド洋タイプとして知られていた歌を採用したんです。これは、環境の変化に対する適応や学習というより、洗練された文化的伝達だと考えるのが自然です。有り体に言えば、吟遊詩人たちが持ってきた歌のほうが、いい歌だったんですよ」

低く響き続けるクジラの歌声に耳を傾けているうちに、わたしは不思議な感覚にとらわれていた。

海中を漂うような、浮遊感。

もし、プランクトンになったら。命の最期に聴く音は、クジラの歌声なのかもしれない。

プランクトンに音が聴こえるかどうかは知らないけれど、水を伝わってくる響きぐらいは感じるだろう。体が震えたと思った次の瞬間には、飲み込まれているのだ――。

意識が海の中から戻ってきたときには、話が先に進んでいた。

「――ですから、クジラの文化や社会性なんて話をしていると、よく言われるんです。ああ、やっぱりクジラやイルカは頭がいいんですねえ、と。もしかしたら人間に匹敵するほどの知性があるんじゃないですか、なんて言ってくる人もいます。正直、答えに困るんですねえ。

イルカショーでお馴染みのハンドウイルカについては、いろんな知能テストがおこなわれてきました。例えば――」

先生は海外での研究をいくつか紹介すると、ひげをつまんでひと呼吸置いた。

「というわけで、イルカたちは確かに、素晴らしい成績をおさめます。さらには、複雑な社会を形成し、遊びや文化を持ち、利他的行動を示し、道具を使う。ですがこういった能力は、人間以外の霊長類にも見られますし、もっと言うと、カラスにだって見られるんですよ」

前のほうで誰かが意外そうに声を漏らした。

「がっかりしましたか」先生が微笑む。「でも、私は思うんですよ。知能テストなんてものは所詮、我々人間が『これが知性だ』と勝手に思い込んでいるものを測る手段に過ぎない。そんなもので彼らの頭の中を評価しようなんて、傲慢じゃないかとね。そもそも、クジラやイルカが何を思い、どんなことを考えているのかは、我々には絶対にわからないわけですから」

先生は、感じ入った様子の聴衆を見渡してにやりと笑い、「では最後に」と言った。

「皆さんに一つ重要な事実を投げかけて、今日の話を締めたいと思います。クジラやイルカの脳は人間の脳よりも大きいのですが、これは単に彼らの体が大きいからです。脳のサイズで知能を予測したいのであれば、脳の重さと体重の比を使わなければならない。そうした指標の一つ、脳化指数というのを見てやると、ヒトはおよそ七という値なのに対し、イルカは一・六から四・六。つまり、相対的な脳のサイズは、人間のほうがかなり大きいんです。

ところが最近は、脳の力を測るなら、脳化指数なんかより、ニューロンの数を使えという考えがありましてね。ニューロンというのは、情報処理に特化した脳内の細胞です。研究者たちは、より高度な機能をつかさどる大脳皮質のニューロン数を、いろんな動物で調べていった。

ヒトは一六〇億個超。予想どおり、哺乳類で断トツ最多——と思いきや、なんとそうではなかった。ヒレナガゴンドウというハクジラのほうが、倍以上多かったんです。さあ、皆さんはこの事実を、どう考えますか？」

講演が終わると、質疑応答が始まった。

子どもだけでなく、大人からもたくさん手が挙がる。それなりに時間がかかりそうだ。わたしは果穂のことが気になって、そっと席を立った。

展示スペースまで行くと、二人の姿が見えた。ちょうど戻ってくるところだったらしい。わたしに気づくと、果穂は宮下さんの手を振りほどき、こちらに駆け寄ってくる。

「ありがとうございました」娘を抱き上げ、宮下さんに頭を下げた。「おかげさまで、ゆっくり聞けました。すごく面白かったです」

「でしょ。網野先生、見た目はあんなだけど、サービス精神旺盛だからね」

「でも、ほんとによかったんでしょうか。せっかくの講演……」

「いいのいいの。わたしはもう、何十回と同じような話聞いてるから」

さっぱりした調子でそう言うと、宮下さんは果穂に笑顔を向けた。

「果穂ちゃん、とってもいい子にしてたわよ。剝製が気に入ったみたいでね。シマウマさんとかライオンさんとか、たくさん見たのよね」

「かほちゃん、おえかきするの」果穂が腕の中で言う。「ライオンさんとクジラさん、かく」

「そっか。じゃあ、おうち帰って描こう」

「かえらない。クジラのおばちゃんと、かくの」

「約束したんだよね」宮下さんが果穂に笑いかける。

「え？」

戸惑うわたしに、宮下さんが言った。

「果穂ちゃんといて、思いついたことなんだけどね。ちょっとお願いしたいことがあるの。今日これから、少し時間ないかしら」


標本庫だというので木製の整理棚が並ぶ小綺麗な部屋を想像していたが、そこはただの薄暗い倉庫だった。冷んやりとして、防虫剤とアルコールが混ざったような匂いがかすかに漂う。天井まで届く頑丈そうなスチール棚がひしめき、動物の大きな骨、段ボールやプラスチックの箱、ビニールにくるまれた得体の知れない物体などが収められている。果穂は「こわい」と言ってずっとわたしに抱きついたままだ。

本館の裏手にあるこの建物には、こうした標本庫の他に、作業室や研究室があるという。普段は当然、一般の客は立ち入れない。ここの何倍もの規模の研究施設がつくばにもあると聞いて、驚いた。自然史博物館が誇る四五〇万点超の標本コレクションも、ほとんどがそこに収蔵されているそうだ。

「ここがわたしの城よ」

部屋の一番奥の隅、スチール棚の横に一つだけ置かれた簡素な机の前で、宮下さんが言った。すぐ脇の壁には、あの「世界の鯨類」ポスターが貼ってある。

机にあった描きかけの絵を見て、果穂が「ペンギンさんだ！」と笑顔になる。親ペンギンのあとを、三羽の子どもが等間隔について歩いている絵。タッチはリアルだが、微笑ましい。色を塗っている途中らしく、水彩絵の具や筆などの道具が広げられていた。

「これも、その冊子に載せる絵ですか」わたしは訊いた。

「そう。あとは、カンガルーの親子とか、ゾウの親子とか。イルカもあるわよ」

宮下さんは机の引き出しを開けて、その絵を見せてくれた。イルカの親子が寄り添うように泳いでいる。背景はないが、今にも動き出しそうに見えた。

「動物の親子の資料はいいのがあるんだけど、人間のはぴんとくる写真がなくってねえ」

博物館でこの秋、「親と子の不思議」という企画展をやるという。動物の様々な親子の形や子育て、遺伝にまつわる話題などを取り上げるそうだ。宮下さんは今、企画展の冊子に入れる挿絵を描いている。お願いというのは、わたしたちに「人間の親子」の絵のモデルになってくれないかということだった。

もちろん、喜んで引き受けたわけではない。スケッチだけなので一時間もあれば終わるというし、さっき果穂を見ていてもらった手前、断れなかったのだ。

宮下さんは、椅子にかけてあったかっぽう着を着た。それが描くときのスタイルらしい。キャスターのついた作業台を転がしてきて机のそばに置き、椅子を二つ並べてわたしと果穂を座らせる。

そこにスケッチブックと色鉛筆を広げた宮下さんは、わたしたちの前でさらさらと絵を描いた。かわいいライオンとクジラだ。目を丸くしている果穂に色鉛筆を差し出し、「さあ、好きな色に塗ってごらん。自分で違うのを描いてもいいよ」と優しく告げる。わたしが横から「ほら、何色にする？」とうながすと、果穂はまずオレンジ色を手に取った。

果穂はすぐ色塗りに熱中し始めた。すると宮下さんは、わたしたちの正面にイーゼルを立て、紙をセットする。

「野村さん――お母さんも一緒に塗ってあげてくれる？　あ、すごくいい感じよ」丸椅子に腰掛けた宮下さんが、鉛筆を握った。

「ただこうやってお絵描きしてればいいんですか」わたしは確かめた。

「そう、こっちは気にしないで。親子で絵を描く姿って、すごく人間らしい光景だと思うの。スキンシップとか、ごはん食べさせるとかなら、動物の親子でもやるからね」

宮下さんは時どきわたしたちに話しかけながら、鉛筆を走らせる。おしゃべりは邪魔にならないらしい。だが十五分ほどすると、「ダメねえ」と言って紙を取り替えた。

「人間を描くなんて滅多にないから、難しいわ」

「動物のほうが描きやすいですか」

「描きやすいというか、一瞬のリズムで描いちゃうの。そうでないと、生きた線にならなくてね。もちろん、何枚も描き直すんだけど」

宮下さんは果穂のそばへ来ると、「まあ、上手に塗れてるわねえ」と言いながら、スケッチブックにキリンとウマの絵を描き足した。そしてまたイーゼルに戻り、二枚目に取りかかる。

「いつも、ここで一人で描いていてらっしゃるんですか」わたしは訊いた。

「そうね」寂しくないのかという疑問をくみ取ったらしく、宮下さんは笑って応じる。「下絵の段階だと、ＯＫが出るまで先生方の部屋と行ったり来たり。色付けに入ったら、ここに一人でこもる感じかしら。でも、この場所が一番落ち着くのよ。もしかしたら、家よりもね。この机で仕事して、五十年以上だもん」

「五十年――」わたしはキリンを塗る手を止めた。しんとした標本庫をあらためて見回し、その年月を思う。物言わぬ骨と標本に囲まれて、一人黙々と生物画を、クジラを描き続けた五十年――。

「宮下さんは――」訊きたいことがまた口を衝く。「もともとお好きだったんですか。その、動物とか、博物館とか」

「好きも嫌いもないわよ」宮下さんはかぶりを振った。「だいたい、当時はわたしみたいな平凡な女が、あれやりたい、これになりたいっていうのは、なかなかね。高校を出たあと、知り合いの紹介で、たまたまここの非常勤職員になったの。伝票の整理でもやらされるのかしらと思ってたら、鳥の骨格標本を作るから手伝いなさいって。驚いたわよ。そんなの見たこともなかったから。それから、小動物とか昆虫の標本作りを一から教わって。わたし、細々した手仕事がわりあい好きだから、事務仕事より性に合ってたのよね」

「じゃあ、絵は――？」

「二、三年経った頃かしらねえ。ある先生に、絵は得意かって訊かれてね。子どものときから描くのは好きだったからそう答えたら、報告書に入れる動物のイラストを描いてほしいって。そのとき描いたものはそれなりに褒めてもらえたんだけど、所詮は素人の絵じゃない？　自分では納得がいかなくてね。仕事の合間に近所の絵画教室に通い始めたの。そしたらそれを知った先生方が、ちょくちょく挿絵の依頼をしてくれるようになって。で、だんだん生物画の仕事が増えていったわけ」

「そうだったんですか。絵画教室で――」

「そう。あとは実地でいろんな動物を描かせてもらって、この線が違う、この色が違うと言われながら、勉強していったって感じ。だから、わたしの絵の師匠は、研究者の先生方と、標本たちね」

「かほちゃんも、おえかきならう」果穂がわたしを見上げて言った。宮下さんとの会話を、何となく理解していたらしい。

「あら、それはいい考えね」宮下さんが大げさに眉を上げる。「きっと楽しいわよ」

「絵画教室って、結構お金がかかるものなんでしょうか」わたしは訊いた。

「そうねえ。小さいうちは月謝だけで済むだろうけど、本格的な画材を使うようになってきたら、それなりにかかるかもしれないわね」

そのとき、出入り口のドアが開く音がして、ぺたぺたという足音が近づいてきた。

「おや、モデルさん、見つかったの？」現れたのは、網野先生だ。

「そうなんです」宮下さんが気安い声で応じる。「野村さんと、果穂ちゃん。先生のトークインベントに来てくださってた方なんですよ」

「ああ、そりゃどうも」網野先生はひげを撫でながら、軽くわたしに頭を下げる。「でも、お嬢ちゃんには話が難し過ぎたねえ」

「だから、果穂ちゃんのほうは、わたしと館内を観て回ってたんです」

「なるほど」網野先生がにんまり口角を上げた。「アロペアレンティングですか」

「そうそう」宮下さんも声を立てて笑う。

「それ、何ですか」わたしは訊いた。

「イルカやクジラの群れではね」先生が答える。「その子の母親以外のメスが、子育てを助けることがよくありましてね。アロペアレンティングというんです。シャチのグループでは子育てを終えた『おばあさんシャチ』が大事な役割を果たしますし、マッコウクジラの場合は母親が餌を採りにいっている間、群れの『おばさんクジラ』が保母になるんですよ」

「父親は――」つい声が硬くなる。「オスは、何をしてるんですか」

「とくに何も」先生はかぶりを振った。「子どもは母系グループの中で過ごしますからね。大人のオスは、いたりいなかったり」

「……そうなんですか」

「とはいえ、実は我々も――」先生が苦笑いを浮かべる。「いい歳して、いまだに宮下さんにお守りしてもらっている状況でしてね」

「何言ってるんですか」宮下さんは手で空気をはたいた。

「いやいや、真面目な話」先生はわたしに向かって言う。「定年後も館に残ってくれなきゃ困ると、みんなで駄々をこねましてね。生物画にしても標本作りにしても、宮下さんがいてくれないと、我々も仕事にならない」

「どれだけお役に立ててるのか」宮下さんが謙遜する。

「科学ってのは、研究者一人の力じゃあ進みませんからね」先生は真顔で続けた。「どんなこともそうでしょうが、いろんな人との協力や助け合いで、成り立っているわけですから。自分ができないとき、困ったときは、助けを求める。一人で何でもやろうとしても、いずれ行き詰まります」

まるで、自分のことを言われているような気がした。目を伏せたわたしに、宮下さんが言う。

「まあ、わたしなんかは、たまたま今のお役目をおおせつかっただけなんだけど。でも――」

宮下さんは鉛筆のお尻で壁のポスターを指し、目尻にしわを寄せる。

「あれを見るたびに、思うのよ。たまたまって、すごいことだなって。たまたま人に紹介されて、ここに五十数年。学者でも画家でもないのに、クジラの絵を八十三体も描くことになるんだもんねえ」

可笑(おか)しむような表情の中に、誇りと感慨が混ざっている。そんな宮下さんの笑顔が、わたしにはまぶしかった。

この人とわたしの違いは、何だろう。

特別なものには当たらずに生まれてきたのはお互い似たようなものに見えるのに、どうしてこんなにも違うのだろう。

網野先生は宮下さんと簡単に仕事のことを打ち合わせると、わたしたちに「では、ごゆっくり」と言って出て行った。

宮下さんはまたスケッチに戻った。果穂はウマの色塗りに取りかかっている。

しばらく沈黙が続いたあとで、わたしは言った。

「宮下さんは、なんでわたしたちをモデルにしようと思ってくださったんですか」

「決まってるじゃない。とっても素敵な親子に見えたからよ」

胸がつまった。色鉛筆を握る手に、力がこもる。

違う、全然。この人は、何もわかってない。

「――そんなんじゃないです」勝手に唇が動いていた。「うちも、わたしとこの子、二人なんです。わたし、離婚してて」

「ああ……」宮下さんが手を止める。「そうだったの」

真っすぐわたしを見つめてくる彼女の顔に、後ろのポスターのシロナガスクジラが重なった。

「だから、素敵なんかじゃないです」震える声が止まらない。「わたし、きっとこの子に何も与えてやれません。何もしてやれない」

宮下さんは、黙ったまま線を何本か描き足すと、おもむろに立ち上がった。イーゼルから紙をはずし、こちらに持ってくる。

わたしたちの前に置いたその紙には、スケッチが出来上がっていた。夢中で色を塗っている果穂と、色鉛筆を手に寄り添うわたし。

ふと、絵の中の果穂が、昔のわたしに見えた。色塗りではなく、ビーズで何か作っている。そして、わたしに寄り添っているのは――。

「これ、かほちゃん?」果穂が絵の自分を指差して言った。

「そうよ」宮下さんが微笑みかける。「果穂ちゃん、いいお名前もらったわね」

「うん、かほちゃんだよ」

宮下さんは、今度はわたしを見て言った。

「果実の果に、稲穂の穂でしょ。きっと何か実るわね」

「え――」

名前を考えたのは、わたしだった。「かほ」にしようとまず決めて、いい字だなと思う漢字を当ててたのだ。生まれたばかりの、この子の顔を見ながら――。

「野生のイルカにもね、名前のようなものがあるの。『シグネチャーホイッスル』という鳴き声なんだけど、個体ごとに違っていて、群れの中でお互いを呼ぶのに使われているかもしれないんですって。だけど、子どもの名前に願いを込めたりするのは、きっと人間だけね」

宮下さんは、もう一度果穂に優しい目を向けた。

「大事なのは、何かしてあげることじゃない。この子には何かが実るって、信じてあげることだと思うのよ」

目の前のスケッチに、ぽたりと水滴が落ちた。鉛筆の線がにじむのを見ているうちに、それが自分の涙だと気がついた。

そうなると、もうだめだった。わたしは、声を上げて泣いた。

＊

よく晴れているのだけれど、水平線はぼやけている。

空も海も澄んだ青ではなく、もやでもかかったように白っぽい。まるで、うすいベージュの砂浜と色調を合わせているようだ。わたしはそれが、とてもきれいだと思った。

右手にはどこまでも広い砂浜が続いている。左を見れば、海の向こうに低い陸地の影がぼんやり浮かんでいた。銚子(ちょうし)のあたりだろうか。海は静かで、ささやかな波が同じリズムで心地よい音を立てている。

果穂の手を引いて、波打ち際まで進んでみた。二人とも裸足で、ズボンの裾は膝までまくってある。

初めて体験する海に、果穂は及び腰だ。くるぶしの下を、波が洗った。たまらず声を上げてしまうほど冷たい。果穂は「きゃあ」と悲鳴を上げ、来たほうに駆け戻る。でもこちらを振り向いたときには、けたけた笑っていた。

浜の東側に目をやると、コンクリートの護岸(ごがん)のほうへ少し上がったところに、小さく宮下さんの後ろ姿が見える。隣りに立っているのは、たぶん網野先生だ。その向こうで、ショベルカーが動いている。作業はどこまで進んだのだろう。

昨夜、「明日、千葉に行くよ」と伝えると、果穂は「ばあばのおはか？」と言った。お墓などという言葉を覚えていたことに、わたしは驚いた。お骨になった祖母、そしてそれがお墓に納められた光景が、よほど印象的だったのだろう。

わたしが「違うよ、海だよ」と言うと、きょとんとしていた。無理もない。祖母が住んでいたのは、海から離れた佐倉市だ。わたしと母も生まれ育ったその土地には、いい思い出などない。

果穂が言う「ばあば」とは、わたしの母ではなく、祖母のことだ。

わたしは、母方の祖母に育てられた。初めは小さな借家に二人で住んでいたが、十歳のときにその近くのアパートに引っ越した。祖父はお酒で体を壊し、早くに亡くなったと聞いている。

祖母は、昼間は電線を作る工場で働き、夜は近所の喫茶店を手伝っていた。工場が忙しい時期などは、小学校から帰ってくると、夕食に菓子パンが置いてあることがよくあった。ジャムパンが多かったせいで、わたしは今それが食べられない。

祖母は優しい人だったと思う。生活するのに必死だったということも、今は痛いほどわかる。でもその頃は、その余裕のなさが辛く、寂しかった。祖母の笑顔を思い出せるのは、百円ショップで買ったビーズで一緒にアクセサリーを作り、フェルトで小物を縫った記憶の中だけだ。

いっそのこと母がこの世にいなければ、もっと素直に祖母を愛せたかもしれない。感謝できたかもしれない。でも、母がどこか別の場所で暮らしているということは、幼心にもわかっていた。おばあちゃんは、お母さんのお母さんなのに。なぜお母さんにわたしと暮らすように言ってくれないのかと、いつも不満だった。おばあちゃんがいなくなれば、お母さんが迎えに来てくれるのではないかとさえ、思っていた。

母は未婚のまま十九でわたしを産んだ。そして、赤ん坊のわたしを祖母に預け、一人東京で暮らし始めた。洋服屋で店員をしたり、夜の仕事をしたりしていたらしい。父親については、何も知らない。

わたしが六歳になる頃までは、時どき佐倉にも帰ってきていた。でも、当時の母の姿はよく覚えていない。はっきり思い出せるのは、わたしを抱きしめる母から、いつも香水とかすかなお酒の匂いがしたことぐらいだ。

小学校に上がると、母と会うことはなくなった。何年かして祖母から聞かされたのは、母が子どものいる男性と結婚して、今は福岡で暮らしているということだった。それを聞いても、ショックを受けたり悲しんだりということはなかった。まともな母親に当たっていないことなど、とうに知っていたからだ。わたしにとって母親がいる家などというのは、友だちが持っていたあのウサギの人形の家のように、決して手の届かないものだった。

自分が子どもを持った今は、こう思う。母は本当は、弱くて脆い人だったのではないか。ある意味、わたしよりも。だから母も、怯えていたのかもしれない。自分と同じような人間を、もう一人生み出してしまったことに。

半年前の祖母のお葬式で、二十年ぶりに母に会った。見てすぐにそうだとわかったのは、顔も体型も祖母にとてもよく似ていたからだ。歳をとったせいもあるのだろう。

母はまつげを震わせながら、「――元気だった?」と言った。わたしが小さく「はい」と答えたとき、果穂がわたしの喪服のスカートを引っ張って、「だあれ?」と訊いてきた。わたしは慌てて果穂を抱き上げ、その場を離れた。母のことを果穂にどう説明するか考えておらず、パニックになったのだ。母と交わした言葉は、結局それだけ。

そして、果穂の問いかけに対する答えも、まだ決めきれずにいる。

「ママ、おめめいたい」

果穂が涙声で言った。しゃがんで顔を見てやると、まぶたに砂粒がついている。海水を触った手でこすったらしいが、目に砂は入っていないようだ。

「大丈夫。すぐ痛くなくなるよ」わたしは、果穂が提げている小さなポシェットからハンカチを取り出し、目のあたりを拭ってやった。

このポシェットは、果穂が選んだオレンジ色のフェルトを使って、わたしが作った。果穂にやり方を見せてやりながらの縫い物は、思いのほか楽しかった。

いつもの表情に戻った果穂が、あ、と言ってわたしの後ろを指差した。

「クジラのおばちゃん、きた」

見れば、宮下さんがこちらに歩いてくる。頭には麦わら帽子、手ぬぐいを首に巻き、足もとはゴム長靴というういでたちだ。わたしたちに向かって手を振りながら、声を張り上げた。

「ショベルカーの作業終わったから、もう見に来ていいわよ」

砂浜に掘られた穴の大きさは、ちょっとしたプールほどもあった。

深さは二メートル以上あるだろう。周囲に大きな砂の山がいくつもできている。穴の外に広げられたブルーシートには、肋骨らしき骨が並んでいた。

三角コーンが置かれたところから、果穂を抱いて穴の底をのぞき込む。まだ半分ほど埋まっているが、茶色い背骨の連なりが見えた。人間の胴体ほどの太さの骨を、十人ほどの人々がスコップなどを手に掘り出している。風があるせいか、ひどいと聞いていた臭いもそれほどではない。

「ここ、クジラさんのおはか？」果穂が言った。

「まあ、そうね」宮下さんが微笑む。「いったんここをお墓にしてたんだけど、お引っ越しなの。博物館に飾って、みんなに見てもらうのよ」

これは、ザトウクジラだそうだ。部屋に貼った「世界の鯨類」ポスターを毎日眺めているので、その姿ははっきり思い描くことができる。

ここ九十九里浜の北のはずれにこのクジラが打ち上げられたのは、三年前のこと。発見されたときにはもう死んでいたらしい。体長十六メートルを超える非常に大きな個体だったので、骨格標本にすることになった。解体して肉や内臓を取り除いたのち、白骨化させるためにここに埋められていたという。

今日の掘り出しには、網野先生ら自然史博物館のスタッフの他に、千葉県内の科学館や大学の研究者と学生、地元のボランティアなどが二十人以上参加している。何事かと集まってきた見物人の姿も何組かあった。

わたしと果穂を誘ってくれたのは、宮下さんだ。「ピクニックのつもりで来ればいいから」と言ってもらえたので、朝からお弁当を作り、のんびり電車とバスを乗り継いでやって来た。わたしたちが着いたのは三十分ほど前だが、網野先生たちは朝早くから作業をしていたようだ。

穴の向こう側で、網野先生が「おーい」と手招きした。宮下さんと一緒にそちらに行くと、護岸の緩やかな斜面のすぐ下に敷かれたブルーシートに、長さ三メートルは優にあるくちばしのような形の骨が横たわっている。

「これが頭の骨ね。やっぱり特大」網野先生が嬉しそうに親指を立てた。

「状態もいいみたいですね」宮下さんがうなずく。

「ほんとに大きい。ほら――」わたしは抱いていた果穂を下に降ろし、間近で見せてやる。

「くさいよ」果穂が鼻をつまんだ。

「くさいかあ。でもカッコいいでしょ」果穂に笑いかけた先生が、その横に丁寧に並べられた骨を指差す。「で、こっちは胸ビレの骨。ヒレといっても、もともと手だから、ちゃんと指の骨があるでしょ」

「ほんとだ」太い付け根の先に、四本の指の骨がのびている。

宮下さんが護岸の斜面に腰を下ろした。リュックからスケッチブックを取り出すと、開いて膝にのせる。頭の骨をスケッチするらしい。わたしは果穂と一緒に隣りに座った。

宮下さんはしばらく骨をじっと見た。初めて見るような真剣な表情。わたしたちを描いてくれたときとは違う。これも生物画の一種だからだろうか。

鉛筆を軽く握り、ひと息に美しい曲線を引く。たぶん、上顎（うわあご）の部分だ。一瞬のリズムで描くと言っていた意味が、わかった気がした。

宮下さんが、視線を骨に戻す。一本線を足す。そしてまた、骨を見つめる。

単にその形を目に焼き付けているだけではないと思った。よりリアルに再現したいというだけでもないだろう。

宮下さんはきっと、骨そのものではなく、それを超えて広がる自然と対峙（たいじ）している。

一つ一つの曲線に自然が込めた意味を、漏らすことなく写し取ろうとしているのだ。進化によってその形が生まれるまでの悠久の時を、鉛筆の先で刻もうとしているのだ。

わたしは、博物館で初めて宮下さんの絵を目にしたときのことを思い出していた。あのクジラたちを見て、これこそ博物館にふさわしい絵だと感じた理由が、今やっとわかった。

　作業の人たちのお昼休憩に合わせて、わたしたちも宮下さんと一緒にお弁当を食べた。掘り出し現場から百メートルほど離れたところに、テーブルとベンチが置かれた東屋（あずまや）があったので、そこに陣取っている。護岸の上で見晴らしがいい。

　小さなおにぎりを二つと卵焼きを一切れ食べたところで、果穂が「ねんねする」と言い出した。初めてだらけの半日を過ごし、疲れてしまったのだろう。ベビーカーに乗せて背もたれを倒してやると、すぐに眠ってしまった。

　食事を終え、隣りで水筒のお茶を飲んでいる宮下さんに、訊ねてみる。

「宮下さんはやっぱり、クジラを何度もご覧になってるんですか。生きて泳いでるところを」

「何度もはないわよ。小笠原でマッコウクジラを一回、沖縄でザトウクジラを一回、かな」

「へえ、ザトウクジラも。じゃあ、歌も聴いたんですか。潜ったりして」

　宮下さんは、「まさか」と笑ってかぶりを振る。

「わたし、カナヅチなのよ。ダイビングなんて、とてもとても。あ――」掘り出し現場のほうにあごを突き出した。「何回も歌を聴いてる人が来たわよ」

　見れば、缶コーヒーを手にした網野先生だ。東屋まで来るとまずベビーカーをのぞき、「かわいいモデルさんはお昼寝か」と言いながら、宮下さんの横に座った。

「何？　私の話？」先生が訊く。

「ザトウクジラの歌の話ですよ。先生は直に何回も聴いてるって。ダイビングをして調査もなさるから」

「録音されたものはイベントで聴かせていただきましたけど――」わたしが付け加える。「実際はどんなふうに聞こえるのかなと思って」

「聞こえるというかね」先生はひげを撫でた。「音に包まれるっていうのかな。間近で潜ってると、全身に響いてくるんですよ」

それから先生は、自身の経験談をいくつか披露してくれた。どれもわたしの息苦しい日常とはかけ離れた、別世界のような遠い海での話だった。その最後に、わたしは訊いた。

「クジラの歌を何度も聴いているうちに、彼らがどんなことを歌っているのか、感じるようになったりはしないんでしょうか」

「なれたらいいですねえ。私はまだ修行が足りんようですが」眉尻を下げた先生が、「そういえば」とこちらに顔を向ける。

「こないだのトークイベントで、私、クイズを出したでしょ。ザトウクジラの声はどのぐらい先まで届くか、と。あのとき、『宇宙まで！』と答えた男の子がいたの、覚えてます？」

「ああ、いましたね」

「実はあれ、いいとこ突いてるんですよ。NASAが一九七〇年代に打ち上げた惑星探査機に、『ボイジャー』というのがありましてね。ミッションはもうとっくに終えて、太陽系の外に出て行きました。この先はずっと、あてもなく宇宙をさまようわけなんですが」

「はあ」意識を宇宙に飛ばすのが得意なわたしにも、かなり急な話の展開だった。

「ボイジャーは、『ゴールデン・レコード』ってのを積んでることでも有名でしてね。世界中の言葉や音楽、自然の音なんかが録音されたレコードなんですが、その中に、ザトウクジラの歌も入ってるんですよ」

「へえ、それはわたしも初耳」宮下さんが目を瞬かせる。

「でも、なんでそんなものを探査機に――」わたしは、まさかと思いながら言った。

「もちろん、ボイジャーがいつか異星人と遭遇したときのためです。レコードを聴いてもらって、地球はこんなところですよ、とね」

「やっぱり、ほんとにそうなんですね」頭がいいのか無邪気なだけか、研究者という人種はよくわからない。

「ですからね」先生はにやりとした。「その異星人が我々より高度な文明を持っていたり、我々とはまったく違った知性や思考パターンを持っていたりすれば、クジラの歌も読み解いてくれるかもしれませんよ」

「夢のある話、というか、夢みたいな話ねえ」宮下さんが言う。

笑って缶コーヒーを飲み干した先生に、わたしは訊いた。

「わたし、あれからよく考えるんです。クジラやイルカの知性とか、頭の中について。先生は本当のところ、どう思ってらっしゃるんですか」

「そうですねえ」先生は腕組みをした。「こないだお話ししたように、わからない、わかりようがない、というのが研究者としての答えです。ですが、ただのクジラ好きのオヤジとしてなら、なるほどなと思う考え方はあります。クジラやイルカを長年追い続けた、ある動物写真家が言ってることなんですがね」

先生は、正面に広がる海に視線を向け、続ける。

「この地球で進化してきた悟性(ごせい)や意識には、二つの高い山がある。〝ヒト山〟と〝クジラ山〟です。ヒト山ってのはもちろん、人間を頂点とする陸の世界の山。クジラ山は、クジラやイルカが形作る、海の世界の山です。どんな山か、その高ささえわかりません。でもたぶん、その頂上には、ヒト山とはまったく違う景色が広がっている」

「まったく違う、景色――」わたしも海を見つめてつぶやいた。

「人間は、五感を駆使してインプットした情報を発達した脳で統合して、即座にアウトプットする。言葉や文字、道具、技術を使って、外の世界に働きかける。ヒトが発達させてきたのは、言わば、外向きの知性です。

一方、光に乏しい海で生きるクジラたちは、おもに音で世界を構築し、理解している可能性がある。文字や技術を持たないので、外に向かって何かを生み出すこともほとんどありません。だったら彼らはその立派な脳を、膨大な数のニューロンを、いったい何に使っているのか。もしかしたら彼らは、我々とは違って、もっと内向きの知性や精神世界を発達させているのかもしれない――ということなんです。私なりの言葉で言うと、クジラたちは、我々人間よりもずっと長く、深く、考えごとをしている」

クジラの、考えごと――。

わたしの意識は、海へと潜っていった。暗く、冷たく、静かな深い海に。

だがもうわたしは、プランクトンではない。この身長一五六センチの体のまま、その十倍はあるザトウクジラと並んで潜っている。

その姿を見てすぐにわかった。これは、さっき骨として掘り出されたあのクジラだ。わたしと一緒に海に還って、また泳ぎ出したのだ。

突然、全身が震えた。低く太い音が体の奥までしみ込んでくる。横でクジラが歌い始めたのだ。わたしもそれを真似てみるが、何を歌っているのかはまるでわからない。

クジラの頭のところまで泳ぎ、その目をのぞき込んでみる。

感情の読めない澄んだ瞳は、わたしのことなど視界に入っていないかのように、微動だにしない。確かに、考えごとに集中しているようにも見える。

どんなことを考えているか想像しようとするのだが、何も浮かばない。人の頭の中をいつも妄想しているわたしなのに、まるで見当がつかない。

息が苦しくなってきた。クジラから離れ、海面に上がっていく。光が見え、空が見えた。

胸いっぱい空気を吸い込みながら、ああ、と思う。

わたしは、わたしたちは、何も知らない。

クジラは、わたしたちには思いもよらないようなことを、海の中で一人静かに考え続けているのだ。

そして、もしかしたら、すでにその片鱗(へんりん)を知っているのかもしれない。

生命について。神について。宇宙について。

わたしは、何だかとてもうれしくなった――。

「さて、私はそろそろ」

網野先生の声で、我に返った。

現場に戻る先生を、宮下さんと見送った。作業はあと二、三時間で終わるそうだ。

果穂はまだ眠っていた。風が強くなってきたので、薄手のブランケットを掛けてやる。

「この子、さっき言ってました」わたしは宮下さんに言った。「いつか、生きてるクジラに会いに行きたいって。一緒に泳ぐそうです」

「そう」宮下さんは優しく微笑む。「そんなこと、きっと簡単に叶えちゃうわよ。わたしもお付き合いしたいわ。水泳教室に通おうかしら」

「じゃあ、わたしも」頬が緩んだ。「実はわたしも、泳げないんです」

手をのばし、風で乱れた果穂の前髪を分けてやる。

この子には、世界をありのままに見つめる人間に育ってほしい。わたしのように、虚しい空想に逃げたりせずに。

そうしたらきっと、宮下さんのように、何かを見つけるだろう。そしていつか、必ず何かが実るだろう。

わたしは――。

顔を上げて海に向け、ぼやけた水平線のまだ先を望む。何が見えるというわけではない。それでも、還る海をさがすことは、もうないだろう。

いつの間にか、波の音がここまで響いてくるようになっていた。

心地よく繰り返されるその音の向こうに、ザトウクジラの歌声をさがした。

アルノーと檸檬（レモン）

「何だ、あんたか」

三〇三号室の白粉婆は、ドアの隙間から顔だけのぞかせ、かぎ鼻のつけねにしわを寄せた。

「あんただとわかってりゃ、開けたりしなかった」

加藤寿美江(すみえ)を白粉婆(おしろいばばあ)と呼び始めたのは、上司だ。そういう妖怪がいるらしい。寿美江は今日も顔だけを白塗りし、のび放題のざんばら髪は束ねもしていない。

「たびたび申し訳ございません」

正樹は慇懃(いんぎん)に頭を下げ、おもねるような笑顔を作った。こういう演技だけならアカデミー賞ものじゃないかと自分では思う。ドアの脇の古ぼけたインターホンを指差して言い添える。

「山栄(さんえい)エステートの園田ですと申し上げたつもりでしたが……」

「壊れてんのよ、何日か前から。呼び鈴は鳴るけど声が聞こえない。あんた、直しといて」

「ああ……そうでしたか」

心の中で舌打ちした。今さらこんな物件に金がかけられるかと怒鳴る上司の顔が目に浮かぶ。おさまりかけていた吐き気がぶり返してくる。

「それはご迷惑を。すぐ手配しておきます」

「急がなくていい。どうせ新聞か宗教の勧誘ぐらいしか来ないよ」

それだけ言ってドアを閉めようとするので、慌てて右足を差し込んだ。その拍子に頭がズキンと痛む。

「ちょっと、ちょっとだけお話を」

「しつこいね。今ここを出ていく気はないって、こないだも言ったじゃないよ」

「ええ、ええ、それは承知しております。今日は別件でして」

「別件？」

寿美江がドアノブから手を離した。正樹はすかさず扉を開き、中に体をすべり込ませる。

「実は、他の居住者の方から、ご連絡をいただきまして」

苦情が出ているなどといきなり言ってはいけない。まずは事実確認だ。

「つかぬことをうかがいますが……加藤さん、ハトを飼ったりしてらっしゃいます？」

「飼ってるわけじゃないよ」寿美江は平然と応じた。「迷い込んできて、そのままベランダに居ついているだけ」

「あは、なるほど」可笑しくもないのに軽く笑って見せる。「居ついてしまったハトに、エサをあげていると、そういう感じなんですね」

「何？　それが規約違反だっての？」

「いえ、小鳥やハムスターぐらいならまあ、黙認ということなんですが――」素早く室内に視線を巡らす。入ってすぐのダイニングキッチンは、とくに散らかったりはしていない。「問題はむしろ、ハトの飼育状況といいますか……」

「下のじいさんでしょ、文句言ってんの」寿美江は冷めた声で言った。

「へ？」思わず声が裏返る。図星だった。

真下の二〇三号室に住む男性が昨日会社に電話をかけてきて、「ハトだよ！　汚いハト！」と猛然とまくしたてたのだ。

「こないだも、下のベランダから嫌味が聞こえてきたわよ。汚らしい羽毛が上から落ちてくるだの何だの、大きな声でさ」

「毛だけならまだいいんですが……」思い切り眉尻を下げ、得意の困り顔を作る。「昨日は糞が落ちてきたと。運悪く、干してらっしゃった布団の上に」

「汚い汚いっていうけどね」寿美江に悪びれる様子はない。「あの子はその辺のドバトじゃないよ。もっと立派な――たぶん伝書バトか何かだよ」

「伝書バト？　手紙でも持ってたとか？」

「んなのはないよ。でも、脚環をつけてる」

「へえ！」よくわからないまま大げさに眉を持ち上げた。上がり込むチャンスだ。「私、そんなハト見たことありません。よろしければ、ちょっと拝見しても――」

寿美江は何も言わずに背を向けて、部屋の奥へと進む。正樹はそれを了承の合図と受け取り、「失礼いたします」と底のすり減った革靴を脱いだ。二日酔いの体に鞭打ってここまで来たのだ。手ぶらで帰りたくはない。

正方形の小さな食卓には、湯呑みとスーパーの袋。納豆のパックと玉ねぎがのぞいていた。椅子は一脚しかない。

引き戸の向こうは六畳の洋間だ。殺風景なほど家具は少なく、きれいに片付いている。隣りの四畳半の和室には、簡素なシングルベッドが見えた。中はゴミ屋敷同然だろうという上司の予想は、完全にはずれだ。

洋間の奥で、寿美江がベランダのガラス戸を開けた。南向きだが明るさはない。細い道路をはさんで目隠しのフェンスが続き、その向こうに新築のタワーマンションがそびえているのだ。すでに全戸が完売し、先月から入居が始まっているらしい。

北千住(きたせんじゅ)の西口エリアではここ数年、こうした高層マンションが次々と建てられている。ガラの悪い貧相な下町というレッテルが貼られていたこの地域も、今や〝住みたい街〟の仲間入り。つくばエクスプレスの開通や大学のキャンパス誘致が大きいとはいうが、結局はディベロッパーのイメージ戦略だ。

そんな再開発の波が、築三十六年の三階建てアパート、この「ニューメゾン塚田」まで到達したというわけだ。それに乗らない手はないと大家は考えたのだろう。部屋の埋まらぬ古アパートと裏の自宅を取り壊し、十階建てほどのマンションにしたいと言い出した。長男夫婦の発案で、大家親子が最上階を二世帯に分けて住むつもりだそうだ。

大家の夢のオーナーライフが叶うかどうかなどに興味はない。年内にアパート全戸の立ち退き交渉をまとめること。それがこの物件を担当する正樹に課せられた至上命令だ。たとえ唾を吐かれても黙って頭を下げ続けるのがおもな仕事のようなものだが、不動産管理会社の契約社員である自分に業務の選り好みができるはずもない。

物干し竿の洗濯物を端に寄せ、寿美江が「あれだよ」とベランダの隅を示した。正樹は愛想笑いを浮かべ直し、窓際まで歩み寄る。

ベランダの床にあったのは、口を横向きに開けた段ボール箱だった。八百屋でもらってきたのか、レモンのイラストが印刷されている。〈広島レモン〉の文字と、漂う糞の臭いに、また吐き気を催した。

しわくちゃのハンカチを取り出してさりげなく鼻と口に当て、かがんで箱の中をのぞく。なるほど、一羽のハトが奥でうずくまっている。勝手に白いハトを想像していたが、違った。体は灰色、首だけが紫と緑に輝く普通のハトだ。

「古新聞をしいただけの寝床が、やけに気に入ったみたい」

寿美江はそう言って両手を段ボール箱に突っ込むと、慣れた手つきでハトをつかみ、ペンキの剝げた手すりに置いた。

公園のドバトのように丸々とはしておらず、やや小ぶりでスマートだ。手すりの上をトコトコと歩き、ぎこちなく反転してまた戻ってくる。正樹の前で脚を止めると、首だけひょいと回してこちらに顔を向けた。確かに、右の脚首に黄色いプラスチックの脚環をつけている。

「この子がうちに迷い込んできたときも、こうしてここに止まってた」

「いつ頃のことですか」

「六月の頭だったから、もう四カ月になるね。痩せて弱ってたからパンくずをやると、喜んで食べてさ。人によく馴れてたし、脚環もあるし、誰かの飼いバトだろうと思って放っておいたんだけど。次の日もその次の日も、夕方になるとここへ戻ってきて、パンと水をくれるのを待ってんのよ。そのうちこうやって段ボール箱を置いてやったら、とうとうここを寝床にするようになったわけ」

「なるほど。迷い子が居ついたってのは、その通りですねえ」

「閉じ込めてるわけじゃないからさ。日中はどこかに飛んでいくんだけど、朝夕のエサの時間になると、ちゃんと帰ってくんの。そう訓練されてるんだよ」

「やっぱり、伝書バトなんでしょうかね」

「とにかくただのハトじゃあないね。見なさいよ、立ち姿に品があるじゃない」

「はあ……そう、ですかね」

ハトは足踏みするようにして体の向きを変え、橙色のくりっとした目を寿美江に向けた。白いまぶたをぱちぱちと開け閉めし、飼い主と見つめ合う。

「それに、この目。目に力があるじゃない」

「ほう……目に」

まったくわからない。確かになかなか姿はいいが、似たようなハトは街なかにいくらでもいるだろう。

「これだけのハトだもん。きっと飼い主はさがし回ってるよ」寿美江は気の毒そうに言った。

「手がかりはないんですか。脚環に何か書いてあるとか」

「この子の名前みたいなのはあるんだけど」寿美江がまたハトを抱え、右脚をつまむ。「字がもう薄くなっててさ。あたしには、〈アルノー〉って読めるんだけど。あんたも見てよ」

ハトがおとなしく抱かれているのを確かめてから、脚環に顔を近づけた。手書きの小さな文字がかろうじて見える。

「そうですね……」目を凝らして読み取る。「〈アルノー〉――たぶん〈アルノー19〉じゃないでしょうか。その下にも、何か数字が。電話番号かな」

「かもしんないけど、ほとんど消えててわかんない」

「確かに」何とか判読できる数字は、最初の〈0〉と最後の二桁だけだ。「これじゃあ手がかりにはなりませんねえ」

顔を上げて言うと、寿美江がわずかにのけぞり、眉をひそめた。

「あんた、飲んでんの」

「へ？　あ――」思わず口に手をやる。「いや……申し訳ありません、まだ匂いますか。昨日ちょっと飲みすぎまして」

正確には、今朝までだ。夜八時頃から一人自宅のワンルームで缶ビールを飲み始め、途中うたた寝をはさみながら、気がつけばバーボンのボトルを半分空けていた。布団にもぐり込んだのは、朝四時過ぎだ。最近、週に二度はこういうことになる。

寿美江はハトを抱いたまま、険しい目を向けてくる。

「あんた、今いくつ」

「――三十九です」来年四十。ああ、松田優作が死んだ歳だ――。

「家族は」

「独りです」

「何だか危なっかしいね。あたし、水商売が長かったからさ。仕事の憂さを毎晩深酒で晴らすような連中を、嫌んなるほど見てきたわけ。酒に逃げるのが癖になると、ろくなことになんないよ。そのうち肝臓を壊すか、アル中か」

「いやあ……私は別に、そこまでのあれでは……」

「まあ、あんたも嫌な役目を押しつけられて、気の毒なことだとは思うけどさ」

はは、と乾いた笑いで応じつつ、手の中のハンカチを握りしめる。どの口が言ってんだ、アパート一の偏屈ババアが。俺がアル中になるとしたら、あんたのせいだよ。

寿美江はしなびた指でハトの頭を撫で続けている。

「老朽化がどうの、地震がきたらどうのって、おためごかしはもうたくさんだよ。どうせあの大家、ここを洒落たマンションか何かにしたいんだろ？」

「いや……取り壊したあとのことは未定だと聞いておりますが」

何とかマニュアルどおりに答えると、寿美江はふん、と鼻をならした。

「あたしだって、死ぬまでこの部屋に居座るとは言ってない。だけど、いきなり出てけって言われて、はいそうですかってわけにはいかないよ。行くあてもないし、何より、この子さ。あたしがいなくなったら、この子はまた宿無しじゃないか」

「でしたら、ハトを飼えるような物件を私どものほうで――」

「ダメだね」寿美江は冷たくさえぎった。「この子は迷い子なんだよ。ほんとの家に帰りたいに決まってるじゃない。ここを明け渡してほしいんなら、まずはこの子の飼い主をさがし出すことだね。立ち退きの話なんて、それからだよ」


足を引きずるようにしてアパートの外階段を一階まで下りると、佐竹がにやにやしながら立っていた。一〇一号室の住人だ。

「いや、おたくの車があったからさ」何も訊かないのに、前の通りに停めた会社のバンを指差して言った。どうやらここで待ち構えていたらしい。

「今日はお休みですか」

「まあね。今からこれ」パチンコのハンドルを回すジェスチャーを見せる。「それよりさ、今三〇三から出てきたよね？　あの薄気味悪いばあさん、話聞いてくれた？」

「いえ……今日はその件じゃなかったんで」

「じゃあ何よ」

「まあ、ちょっと。大したことでは」

「もしかして、クレーム？」佐竹は独り合点して顔をしかめた。「ったく、厄介なババアだねえ。もうボケかけてんじゃないの？」

「いやいや、そんなことは」と笑ってごまかすと、佐竹が太った体を近づけてきた。二重あごをつまみながら、声をひそめる。

「一昨日さ、俺ももう一回、あのばあさんのとこ訪ねて言ってみたのよ。集団で交渉したほうが有利に運べますよ、他の部屋の皆さんはみんな加わってくれてますよって。でもダメ。あんたを信用する理由がないとか、自分の始末は自分でつけるとか言って、取りつく島がねーの」

「ああ……やっぱりそうでしたか」

「どうする？　とりあえず、あのばあさん抜きで進めちゃっていい？」

「うーん、そうですねえ。上司とも一度相談してみますけど」アパート全体を見渡し、誰の姿もないことを確かめてから小声で訊く。「現状、どんな感じですか」

「いい感じだよ。七部屋は乗ってきてる」

「てことは、あと三部屋ですね。三〇三の加藤さん含めて」このアパートは全十二戸で、今は十戸が埋まっている。

「ここはじいさんばあさんばっかりで、ろくにネットも使えないからさ。立ち退き料の相場なんかも全然わかってないわけ。『一致団結して、何とか家賃三カ月分はぶんどりましょう！』なんて言ってやると、みんな拝まんばかりに俺に感謝してるよ」

佐竹はだぶついたあごを揺らした。その下卑た顔を見ていると、この男に目をつけた上司の慧眼にあらためて身震いしそうになる。

集合住宅の賃借人に立ち退きを求める場合、貸主側は普通、集団での交渉に持ち込まれることを嫌う。正樹の上司は今回それを逆手にとって、佐竹に裏取り引きをもちかけた。アパート全体で集団交渉に臨むよう、住人たちを扇動させたのだ。

佐竹は、住人側のリーダーとして奔走していると見せかけながら、実際は貸主側に有利な条件で交渉がまとまるよう店子たちを誘導する。それが成功した暁には、佐竹だけが見返りとして多額の立ち退き料を手にするというわけだ。

正樹がこれまで見聞きしてきた感覚でいうと、家賃三ヵ月分という立ち退き料は相場の半分にも満たない。だが佐竹は、「耐震性の問題で取り壊しになるときは、一銭ももらえないケースがある」「大家に裁判でも起こされたら、こちらの分が悪い」などと、さして根拠のないことを言って皆を脅かしている。もちろん正樹の上司からの指示だ。

通りまで出て佐竹と別れた。車のドアを開ける前に、タバコに火をつける。鼻から煙を吐き出しながら、道の向こうのタワーマンションを見上げた。自然と口の端がゆがむ。

大差ない。あの七十平米八千万の部屋を買った人間も、この古アパートに住んでいる人間も。どちらも、たやすいもんだ。作られたイメージに、はした金。結局のところ、人も街も消費する〝東京〟に、いいようになぶられているだけ――。

突然、強烈な不快感に胃を絞り上げられた。タバコを投げ捨ててそばの電柱に駆け寄り、体を折る。うめき声とともに側溝に嘔吐したが、苦い胃液しか出てこなかった。

＊

「アルノーといいますと、まず思い浮かびますのは、『シートン動物記』ですね」

東日本鳩レース協会の総務部長は、豊かな白髪を横に撫でつけながら、やけに慇懃に言った。

「やっぱりそうですか」正樹は作り笑顔で応じる。「〈ハト〉と〈アルノー〉で検索をかけると、それしか出てきませんでした。すぐ手づまりになっちゃいまして」

『シートン動物記』なら子どもの頃に少しは読んだはずだが、アルノーというハトの物語は記憶になかった。ネットの情報を拾い読みした限りでは、百年以上前にアメリカで数々の記録を打ち立てた伝説的な伝書バトの生涯が描かれているらしい。

もちろん、加藤寿美江のハトとは何のつながりもないだろう。ただ、もとの飼い主がその名伝書バトにあやかって名前をつけた可能性は高い。

「私どもの協会にも、アルノーの物語を読んでハトに興味を持った、という会員さんがいらっしゃいますよ。ですが、自分のハトにそう名づけている飼育者さんは、聞いたことがありませんねえ」

この団体のことは、伝書バトについて調べていたときに知った。ホームページの片隅に、〈迷いバトを保護したら、こちらにご連絡を〉という文言があったのだ。日暮里の雑居ビルにある事務局まで会社から車ですぐだったので、スマホで撮ったハトの画像を持って直接訪ねてみた。

これは今のところ、立派な業務だ。昨日、帰社して寿美江の言葉を伝えると、上司は不機嫌な顔で「だったらさっさと飼い主をさがせ」と言ったからだ。ただしそのあと、「一週間で見つからなかったら、そのハト、外でとっ捕まえて、殺しちまえ」とも言っていた。

ハト愛に満ちあふれたこの協会の人々は、そんなことなどつゆ知らず、正樹にお茶まで出してくれている。

テーブルに置いた正樹のスマホを、総務部長が指差した。表示させてあるのは、ハトの脚環をアップで撮った写真だ。

「〈アルノー19〉とありますでしょう。〈19〉というのは、おそらく号数ですね。19号。アルノーと名付けた種バトの血統で、十九番目に作出したハトということだと思います」

「血統って、伝書バトにもそんなのがあるんですか」

「ございます」部長は力強くうなずいた。「競走馬と同じで、それが非常に重要になってまいります。長距離に強い、短距離が得意、悪天候や寒さに強い、というふうに、ハトにもいろんな特性がありますから。目的に合った血統の種バトをかけ合わせて、自分好みのハトを作る。それが醍醐味と申しましょうか。良い血統の優秀なハトになると、何千万という値がつくこともあるんです」

「何千万……ほんとに競走馬並みですね」

「ちなみにですが、私どもは『伝書バト』ではなく、『レースバト』と呼んでおります。今はもう、メッセンジャーとしては使いませんでしょう」部長はそこで、切なそうに眉尻を下げた。「でもまあ、ハトレースといっても、ご存じありませんよねえ。とくにお若い方は」

「まあ、正直……」

「せっかくですので、簡単にご説明してよろしいですか」部長は居ずまいを正した。「まず、よく誤解されているのですが、いくら伝書バトやレースバトでも、鳩舎から出して『さあ、ここまで飛んでいけ』なんてことは無理なんです。ハトにできるのは、自分の鳩舎に戻ってくることだけ。いわゆる帰巣本能ですね。そのかわり、訓練されたハトは、鳩舎から遠く離れた初めての土地で放たれても、ちゃんと戻ってきます。その速さを競うのが、ハトレースです。例えば、関東地区の鳩舎のハトを函館まで連れていって、いっせいに放つ」

「函館？　そんな遠くから」

「それでも、早朝に放てば夕方には戻ってきます。戻ってきたら、放鳩地から各鳩舎までの正確な距離を所要時間で割って、分速を争うわけです。一千キロを超えるような長距離レースもございましてね。手塩にかけたハトが、そんな距離を無事に帰ってきてくれたらもう――」部長は突然顔をしわくちゃにした。「抱きしめて頬ずりですよ」

「逆にいうと、無事じゃないこともあるってことですか」

「もちろんです。距離が長くなればなるほど、帰還率は悪くなります。途中で道に迷ったり、猛禽類に襲われたり、疲れて帰るのをあきらめたり」

「それが迷いバトになるわけですか」

「左様です。まったく別の鳩舎に飛び込んだり、今回のように一般のご家庭で保護されたり。極端なケースですと、北海道を飛び立ったまま行方不明になっていたハトが、カナダで見つかった、なんてこともあるんです。ですが――」部長は写真の脚環にもう一度指を置いた。「このアルノー19号は、レースバトではないかもしれません」

「どういうことでしょうか」

「ハトレースに参加するには、私どものような協会に所属して、ハトを登録しなくてはならないんです。そして、登録番号が記されたICチップ付きの脚環をつける。しかしこのアルノー19号の脚環は、どこかの協会が発行したようなものではございません。単に、飼育者がハトの名前と自分の連絡先を書いただけのものです」

「はあ……要するに、どこにも登録されていない以上、持ち主を調べることもできないと」

「申し訳ございません」部長は白い眉を寄せてかぶりを振る。「残念ながら、私どものほうでは——」

そのとき、応接スペースを仕切った衝立ての裏から、若い男性スタッフが「あのう……」と顔をのぞかせた。

「ちょっと聞こえたんですけど、『アルノー』ってハトのお話ですよね？」

「そうだけど、何か知ってるの？」部長が訊ねた。

「いえ、知らないんですけど、以前電話で問い合わせがあったんですよ。『アルノー』という名前のハトについて、何かわからないかって。飼育者とか、レースのエントリー情報とか。ハトの愛称だけではちょっと、と言ったら一応納得してもらえたんですけど」

「いつの話？」

「たぶん二カ月ぐらい前だったかと。部長は外出中か出張中で、報告しそびれたというか、お伝えするほどのことでもないかなって……すみません」

「それはいいけど、どなたからの問い合わせ？　会員さん？」

「いえ、ハトとか渡り鳥の本を書いてるって人で。名前と連絡先を控えた紙、机をさがせばまだあると思うんですけど」

＊

さっき電話で指示されたとおり、木々に囲まれた遊歩道を進んでいく。

潮の匂いまで漂ってくるので、都会を離れたように錯覚するのは確かだ。大井ふ頭の近くにこんな公園があるとは知らなかった。

小道を左に折れると、右手にそのウッドデッキが見えてきた。扇形に張り出したデッキの先端は、背の高い塀で完全に囲われていて、塀のあちこちに横長の観察窓が開いていて、そこから干潟に集まる鳥を見るということらしい。

三人グループの他に、一人の男性がいた。三脚に載せた一眼レフの望遠レンズを観察窓に差し込み、じっとファインダーをのぞいている。あれに違いない。皆静かにしているので、すぐうしろから小さく「すみません」と声をかけた。

「小山内(おさない)さん、でしょうか。私、園田です」

男は素早く振り返り、声を低くして「ああ、どうも」と言った。口ひげをたくわえた、五十代ぐらいの小柄な男だ。こちらの次の言葉も待たず、すぐまたファインダーをのぞき込む。

「ちょっと待ってくださいね。今ちょうど、アオアシシギが」

「アオアシ……鳥ですか」当たり前のことを言ってしまった。ここは野鳥公園なのだ。

「ほら、あそこ」小山内はカメラから目を離さずに前方を指差す。「水際にいるでしょ。十羽くらいかたまって」

正樹は隣りの観察窓からその方向を見た。五十メートルほど先に、確かに鳥が群れている。

「ああ、何かいますね」

首にかけた双眼鏡を小山内が無言で手渡してきた。興味はないが、断るわけにもいかないので目に当ててみる。しばらくもたついたものの、何とか一羽の姿をとらえることができた。薄茶色の羽の水鳥が、とがったくちばしで潮の引いた泥をつついている。

「彼らもそろそろ、見納めなんでね」小山内は言った。

「いなくなるんですか」

「渡りの時期ですから。シギやチドリの仲間は、夏の間にシベリアで繁殖して、冬は東南アジアやオーストラリアで過ごすんですよ。ここはただの中継地でね。寒くなる前に、南へ向かわないと」

小山内の言葉には、小声でもわかる独特の訛りがある。「へえ」と相づちを打ちながら、この男の生まれはどこだろうと思った。

撮影がひと段落すると、気兼ねなく話ができる芝生広場まで戻ることになった。遊歩道を並んで歩きながら、正樹から言う。

「どうもすみませんでした。今日中にお会いしたいなんて、無理を言いまして」

「いやいや。こちらこそ、こんなところまで申し訳ない。昨日からアオアシシギが来ているという情報が入りましてね。それに今ちょうど大潮で、干潟の撮影にも都合が良かったもんですから」

「ああ、鳥の本を書かれていると聞きましたが、それに載せる写真ですか」

「いいのが撮れたら、ですよ。それに、書いてるといっても、本にできるかどうかはまだ。知り合いの編集者に頼んで、出版できるかどうか検討してもらっているところでね」

広場に着くと、手近なベンチに並んで腰をおろした。正樹は上着のポケットからスマホを取り出し、ハトの写真を画面に映す。「これなんですが――」と言い終わらないうちに、スマホを小山内に取り上げられた。

小山内は眼鏡を持ち上げて、全体を横から写した一枚を食い入るように見た。「素晴らしい」

と小さく漏らし、ハトの脚に目を近づける。正樹は横から画面に手を伸ばし、写真を次に進めた。脚環のアップだ。

「確かに、確かに」小山内が何度もうなずく。「アルノー19号で間違いなさそうですね」

「何か特別なハトなんですか。レースバトではないという話だったんですが」

「我々のような者にとっては、特別といっていいでしょうね」小山内は口ひげを撫で、もったいをつけた。「アルノーってのは略称で、正式には『東洋アルノー』というんですよ。だからこのハトも、東洋アルノー19号。『東洋新聞』の『東洋』です」

「新聞、ですか」大手の全国紙とハトに、どんな関係があるというのか。

「私、以前東洋で記者をしてたんです。大学で生物学をかじったもので、長く科学部にいました。渡り鳥の研究者に取材したのがきっかけで、鳥の世界にはまり込んじまいましてね。有名な飛来地はもちろん、オオワシだろうがスズメだろうが、面白い話があればどこへでもすっ飛んでいく。『お前が渡り鳥じゃねーか』と、デスクにはいつも嫌な顔をされていましたがね」

「はは、うまい」作り笑いで応じたが、小山内は表情を崩さない。

「で、何か新しい鳥ネタはないかとさがしていたときに、社会部長があるOBを紹介してくれたんです。当時もう九十近かったんですが、昔、東京本社のハト係にいたって人でね」

「ハト係？」

「いわゆる伝書バトですよ。日本の新聞社や通信社は、大正の終わり頃から一九五〇年代まで、急ぎの記事の送稿にハト便を使っていたんです。取材先までハトを携えていって、小さく丸めた通信紙やフィルムをハトに持たせる。脚につけた通信管とか、背負わせた写真筒に入れて。ハトを放つと、社屋の屋上の鳩舎まで飛んで戻ってくるわけです」

「ハトに託すなんて、ちょっと心配な気がしますけど」

「確実性よりスピードですよ。たいていはバイク便より速かったようですし、電送機はまだバカでかくて性能も悪い。他所(よそ)を出し抜けるかどうかはハト次第ってことで、どの社でも二、三百羽を飼って、日々訓練させていた。その担当が、ハト係。ほんの数人のプロたちです」

「へえ、そんなこと、私まったく――」

知りませんでしたと言おうとしたとき、小山内が弾かれたように立ち上がった。双眼鏡を空に向け、木々の向こうへ降りていく一羽の鳥を追う。その姿が見えなくなると、何ごともなかったかのように腰を下ろし、「まあ」と話に戻った。

「ハト便なんてものは、私らの世代にとっても過去の遺物ですよ。ですから、そのＯＢから聞いた話は、どれも興味深くてね。例えば、毎日新聞に『毎日３５３号』ってのがいましてね。こいつは一躍スターになった」

「スター？　ハトがですか？」

「そう。一九五三年、当時の皇太子、今の上皇がエリザベス女王の戴冠式に出席するために、船で横浜を出発したときの話です。船上の皇太子の様子を何とか東京に伝えようと、各社写真をハトに託した。ですがその時点で、船は東京から六百キロも離れていましてね」

「六百キロなら平気で飛ぶんでしょ？　千キロ以上のレースもあるって――」

「いやいや、陸上を飛ぶのとはわけが違う。海には休む場所も目印もないですから。果たして戻ってこられるハトがいるだろうかという中、その『毎日３５３号』だけが、千葉沖にいた貨物船まで何とかたどり着いた。毎日は大特ダネですよ。翌朝の紙面に、皇太子と『毎日３５３号』の写真を並べて載せてね」

「はあ、それでハトまで有名に」

「海の上を何百キロも飛んだなんて、まさにアルノーさながらですよ。ああ――」小山内は正樹のスマホを軽く振った。「こっちじゃなくて、『シートン動物記』のほうのね。あのハトも、故障して動けなくなった汽船から放たれて、ニューヨークの街まで戻ってきた。救助を求める手紙を携えて、霧の濃い海の上を三百キロ以上飛び続けたわけでしょ」

「いや、実はまだ読んでないんですけど……さすが本家アルノーは違いますね」伝書バトの歴史はよくわかったので、そろそろ本題に入って欲しかった。「で、こっちのアルノー19号は？」

「これがアルノーの名にふさわしいハトかどうかは別として」小山内はスマホを掲げて言う。

「要するに、血統としては『東洋系』だということなんですよ」

「つまり、東洋新聞で飼われていたハトの――」

「末裔です。東洋のハトも『東洋何号』というふうに名付けられていましたから、『アルノー』というのはおそらく、東洋のハトを引き取った人間が、その子孫につけた名前でしょうね」

「引き取った、といいますと？」

「一九五〇年代後半にはもう、ハト便の出番などほとんどなくなっていましてね。数年のうちに各社の鳩舎が次々閉鎖されて、ハトは職員や愛鳩家（あいきゅうか）に引き取られていったんですよ。その子孫が『毎日系』『読売系』などと呼ばれていたりもしたんですが、そうした血統もいつの間にか消えてしまった。『東洋系』もまたしかり――というのが、そのOBの話だったわけです。

でもそのあと私は、彼らの末裔が今もどこかで飼われていないか、さがし始めました。面白い記事になると思いましてね。もう十年近く前のことですが。結局それは、叶わなかった」

「見つからなかったんですか」

「ええ。でもそれだけじゃありません。私、それから一年も経たないうちに、東洋を辞めて青森に帰ったんですよ。親父が死んで、アルツハイマーを患っていたおふくろが一人になりましてね。私、一人息子なもんで。五十を前にして、介護離職ってやつです」

「――そうでしたか」ああ青森だったか、と思うと同時に、胸焼けのような不快感が食道のあたりに広がった。昨夜は缶ビール二本でやめたので、酒のせいではない。

「その母も一昨年亡くなって、また東京に。かみさんと子どもたちはずっとこっちでしたから。で、こうして鳥の世界にも戻ってきたわけです。本を出したいと思って書き始めて、新聞社のハトの末裔さがしも再開しました。一章をハトにあてようと思いましてね。

そしたらこの七月、木更津のほうでハトレースをやっている人から面白い話を聞いたんですよ。五、六年前に、『東洋アルノー11号』というハトの卵を孵したことがあるというんです。残念ながら、ヒナのうちに死んでしまったそうですが」

「卵があるんなら、親の11号もそこにいるんじゃ」

「いや、愛鳩家の間では、卵を譲り合ったり売買したりすることがよくあるんですよ。その卵も、地元のハト仲間を介して、ある飼育者から安く譲ってもらった、と。あの東洋系だと聞いて、珍しいから育ててみたいと思ったそうです。ただ残念ながら、11号の飼育者については何もわかりませんでした。名前は聞いたと思うが忘れてしまった、とのことでね」

「だったら、仲介したハト仲間って人に訊いてみれば――」

「ええ、紹介してもらおうとしたんですが、そのお仲間はもうハトをやめて県外に引っ越してしまったそうでね。今は連絡先もわからないというんです。わかったら知らせてほしいと言ってあるんですが」

「……なるほど」不満が声に出ないよう、つぶやくように言った。

何なんだ。長々と話を聞いてきて、こんなオチか。とんだ無駄足じゃねーか。

「最初に話を聞いたハト係OBはもう亡くなっていますし、ダメもとで鳩レース協会に問い合わせてみたわけですが」小山内はスマホの画像にそっと触れた。「無駄じゃなかった。ぜひ一度、19号をこの目で見てみたい」

小山内に強い眼差しを向けられて、仕方なく答える。

「ああ……ですよね」正直、面倒だった。「訊いておきます。ハトを保護してる方に」

スマホを受け取り、いとまを告げる言葉をさがしていると、小山内が「お！」と声を発して立ち上がり、また双眼鏡を空に向けた。

「アオアシシギ——さっきの群れか」

二十羽ほどの鳥が干潟の上あたりで大きく旋回したかと思うと、そのまま羽ばたきを強めて飛び去っていく。その方角は——南だ。

「もう、行っちゃうんですかね」

「かもしれません」

群れは見る間に小さくなり、秋の澄んだ空の向こうへと消えていく。

彼らはこれから何千キロも、ひたすら海を飛んで渡るのだ。それを思うと、ぽつりと言葉がこぼれ出る。

「——なんでわかるんだろ。どっちへ行けばいいか」

小山内は双眼鏡を顔から離し、また正樹の横に腰を下ろした。

「不思議でしょう。不思議だと思えばひどい実験でもやっちまうのが、学者ってやつでね。例えばある研究者は、越冬地へ渡る途中のミヤマシトドという鳥を捕まえて、飛行機で三七〇〇キロも離れた場所へ運んだんです。そこで放たれたミヤマシトドは、数時間でちゃんと越冬地の方角を見極めて、そちらへ飛び去った。まあ、レースバトはこれと同じようなことを日常的にやらされているわけですが」

「そう考えると、ハトにとっちゃいい迷惑ですね」

「渡り鳥やハトがどうやって方角を知るか、ご存じですか」

「さあ。太陽とかじゃないんですか」

「一つはもちろんそれですね。太陽や天体の位置と体内時計を使って、かなり正確に方位を導き出すといわれています。でも本家のアルノーは、霧深い海を飛んだでしょ。渡り鳥は、月や星が出ていない夜の海でも平気で渡る。彼らはね、太陽の他に、コンパスも使うんですよ。方位磁針。つまり、地磁気（ちじき）を利用している」

「ああ――聞いたことある気がします」

「地磁気ってのはなかなか便利なものでね。東西南北だけでなく、その場所の大まかな緯度もわかるんですよ。地磁気の方向は北向きで、かつ、北半球では地面に対して斜め下向きなんです。その下向きの角度が、赤道から北極に向かうにつれて、だんだん大きくなる。と同時に、磁場の強さも増していく。緯度が高くなればなるほどね」

　完全には理解できなかったが、とりあえず「へえ」と応じた。小山内はいかにも元科学記者らしく、とうとうと続ける。

「昔、とある国際ハトレースの最中に、大きな磁気嵐（じきあらし）が発生したことがありましてね。地磁気が激しく乱れたわけです。すると悲惨なことに、参加していた五千羽のうち、九割以上が行方不明になってしまった。実際、ハトの頭に小さな棒磁石やコイルを取り付けると、彼らは方向感覚を失うんですよ。

となると科学者は当然、ハトを解剖して体の中に方位磁石をさがす。期待どおり、脳やくちばしに微小な磁鉄鉱（じてっこう）の結晶や磁気受容体が見つかりました。そのまわりに神経系が発達して、磁気センサーになっているのだろうと。ところが最近、面白い新説が出てきていましてね」

小山内は、二本の指先を自分の両目に向けた。

「ハトや渡り鳥は、磁場を〝見ている〟というんです」

「え？　見えるものなんですか？」さすがに驚いて訊き返す。

「直接的には見えませんよ。鳥の網膜には、光と磁場を受けて電子レベルで反応を起こすタンパク質があるらしいんです。つまり、磁場の情報が、視覚のパターンとして現れる」

「どんなふうに見えてるんですか」

「そこまではわかっていません。視野の中に地磁気の方向が明るい点として現れるのかもしれないし、磁場の強さが明暗のグラデーションとして見えるのかもしれない」

正樹はその状態を想像してみた。自分の視界に、北の向きを示す光の点がつねにある。視線を動かすと景色は変わるが、点の位置は変わらない。そういうことだろう。

「どう思いますか」小山内がわずかに口角を上げて訊いてくる。

「さあ。ちょっと鬱陶しいかもしれないですね」

「まあ、人間にとってはね。でも――」

小山内は、見えない鳥を追うように空を見上げた。

「鳥は、自分のすみかや故郷の方角を、常に視界の中に意識しているんですよ。そこからどんなに遠く離れたところにいても、帰るべき場所がいつも見えている。そして時期がくれば、何の迷いもなくそこへ向かって飛んでいく。シンプルで、うらやましいような気もしますよ。私にはね」

昼食がまだだったので、会社に戻る前に東上野の喫茶店に入った。

安ホテルが並ぶ通りから一本入ったところにある店だ。時代遅れのけばけばしい内装は安っぽく、ランチも大してうまくない。ただ、裏に駐車スペースがあるというだけの理由で時どき使っている。

胸焼けがおさまらず、パスタは半分食べたところで下げてもらった。いつものコーヒーをやめて頼んだ紅茶が運ばれてくる。

初めて見る顔の女性店員が、ティーカップと小皿を並べて置いた。小皿には、薄切りレモンがひと切れのっている。

「これ」正樹はレモンに向けてあごをしゃくった。「ストレートでって言ったはずだけど」

ついきつい言い方になった。店員は「え?」と目を瞬かせる。

「……ああ、申しわけございません」言葉とは裏腹に、いったい何が問題なのかという顔で、小皿を下げた。

隣りのテーブルで競馬新聞を広げていた中年男が、こちらを見ていた。目が合うとすぐ視線を逸らし、白々しく赤鉛筆の先を舐める。

あらためて店内を見回せば、似たような人間ばかりだ。平日の午後に、一人こんな場末の茶店で。まともに仕事をしているとも思えない。都会の底に溜まった澱のような。一〇一号室の佐竹のような――。

隅の席の男が目に入る。背格好が自分と似ていた。無精髭を生やし、スエットの上下にサンダル履きで、虚ろな目を窓の外に向けている。五年後の自分が重なって見えた。それを振り払うように乱暴にネクタイを緩め、熱い紅茶をごくりと飲み込む。喉が焼けた。

今度は水をひと口含んで、思った。こんな場所、俺の〝東京〟じゃない――。

下北沢で暮らしていた頃のことを、思い出す。上京して最初に住んだのは、風呂なしトイレ共同の「第二いさか荘」。劇団の稽古場でもバイト先の居酒屋でもこき使われるだけの毎日だったが、辛いと思う暇もないほど、がむしゃらだった。都会に威圧され、突き放され、それでも何とかしがみついているうちに、気づけば馴染んでいた。

当時の下北沢はまだ、夢を追う若者の街だった。プロのミュージシャンになりたい者。正樹のように、役者を目指す者。夜の駅前はいつもそんな若者たちであふれていたから、孤独を感じることはなかった。

金はなく、いるのは同じ夢をもった仲間だけ。それでも、あの頃の自分は確かに、〝東京〟で生きていた。

生まれ育ったのは広島県。といっても、瀬戸内海の島だ。「しまなみ海道」が開通してからは観光客も増えたと聞いている。だが、レモン畑の他に何もないことに変わりはない。あんな島、変わろうはずがない。

実家も祖父の代からレモン農家だ。愚直に手をかけて栽培することしか知らない。まわりの農家のように、通販や加工品で儲けようともしない。ただ安全で味のいいレモンを作ることだけ考えていればいいと固く信じている。そんな祖父と父が、正樹にはどうしようもなく田舎臭く思えた。愚鈍に見えた。

映画にハマったのは、中学二年のとき。もちろん島に映画館などない。近所に住む歳上のいとこが映画マニアで、レンタルビデオをダビングしたテープを大量に持っていたのだ。

まず魅せられたのは、少し古い邦画だった。深作欣二（ふかさくきんじ）に衝撃を受け、角川映画の松田優作に夢中になった。教室でタバコよろしくシャーペンをくわえ、松田優作を気取っていると、同級生たちは「誰のモノマネじゃそりゃあ」と首をかしげて笑った。一緒になって笑いながらも、正樹は本気だった。本気で、いつか映画館のスクリーンに映る自分の姿を夢想していた。

島で唯一の高校に進んだ春、広島市内のホールでそこそこ有名な劇団の『マクベス』を観た。黒澤映画の影響だ。生の舞台の迫力に圧倒され、演技を学ぶなら演劇だ、と一人浅はかに興奮したものの、小さな高校に演劇部などなかった。

姉が一人いるが、祖父も父も、正樹にレモン畑を継いでほしいと願っていたのは間違いない。正樹が生まれる十数年前、輸入レモンの完全自由化によって国内産地はどこも大打撃を受けた。それを必死で乗り越えてきた畑なのだということは、繰り返し聞かされていた。

それでも正樹は、休みの日も畑の仕事を手伝わず、朝から晩まで映画のビデオ。気難しい父とはしょっちゅう衝突した。そんなとき正樹をかばってくれたのは、祖父だ。祖父は時代劇が好きで、邦画の名作を一緒に見たことも何度かある。

卒業したら東京で役者の修業をすると言ったとき、父には最初、無視された。しつこく訴えていると、ついには「ええかげんにせえ！」と怒鳴られた。家族の中で祖父だけが、「一度は島を出てみたいちゅうことじゃろ。まあ、若いうちだけじゃけえ」と笑って言ってくれた。

卒業式も待たず、家出同然に島を出た。まず転がり込んだのは、広島市内で栄養士の専門学校に通っていた姉のアパート。三カ月ほど引越し屋のアルバイトをして上京資金を貯めると、夜行バスで東京へ向かった。小田急線下北沢駅に降り立ったのは、十九歳の誕生日を迎える四日前のことだった。

部屋とアルバイトを決め、地元の小劇団に研究生として入れてもらった。だがその劇団は、それから半年も経たないうちに解散してしまった。

初めて一人で年を越した一月。母が上ずった声で、祖父が倒れたと電話してきた。これから緊急手術だという。すぐ帰るとは言えなかった。翌日から二日にわたって、ある人気劇団の入団オーディションがあったのだ。三年ぶりの募集だった。

その夜遅くになって、手術の甲斐なく亡くなったという連絡が姉から入った。大動脈解離だったそうだ。葬儀は明後日だと言われたが、曖昧な返事しかしなかった。そして結局、実家には何も伝えないまま、入団オーディションを受けた。ただ一人自分を理解しようとしてくれた祖父の通夜にも葬式にも出ず、渋谷の会場に向かったのだ。

そのときの気持ちを言葉にするのは、今も難しい。死んだ人間のために生きている人間がチャンスをふいにすることはないのだと自分に言い聞かせながら、大股で道玄坂を上った記憶だけがある。

合格者だけに連絡が入ることになっていたが、正樹の部屋の電話は鳴らなかった。実家に電話をかけたのは、そのあとだ。電話口の父は、怒鳴りも嘆きもしなかった。ただ静かに震える声で、「もう二度と、帰ってくるな」と言った。そのそばで母がすすり泣く気配を感じた。

あれから、二十年。

島には一度も帰っていない。電話をかけたこともない。

母の携帯からは時どき着信があったが、出ないでいるうちに、それもなくなった。その代わりになのか、結婚して福山で暮らしている姉から年に一度くらい、「生きとるん?」とメールがくる。正樹もひと言、「生きとるよ」と返すだけだ——。

安物の紅茶なのだろう。ひと口飲んだだけなのに、渋みが舌にいつまでも残っている。コップの水をもう一度含み、伝票をつかんで席を立った。

店を出て、裏の駐車スペースに回る。ゴミ置場から飛び立ったカラスを見て、小山内の話を思い出した。天を仰いだ。いつの間にか薄雲が広がっている。

西はどっちだろうと思った。方向感覚が鋭いほうではない。太陽をさがそうとしたが、雑居ビルのすき間から見上げる空はせまく、その輪郭を見つけることはできなかった。

＊

三〇三号室のベランダに出ると、窓明かりが灯り始めたタワーマンションの右側に、鮮やかな夕焼け空が広がっていた。隣りの部屋から、何かを甘辛く煮る匂いが漏れてくる。

腕時計に目を落とした。五時二十五分。そろそろだ。

それから三分もしないうちに、東の空に小さな点が現れた。真っすぐこちらに向かって飛んでくる。さすがに速い。あっという間にそこまで来ると、せわしなく羽ばたいてスピードを落とし、手すりの上に着地した。

正樹の出迎えにも慣れてきたのか、アルノー19号は一度小首をかしげただけで、ぴょんとベランダの床に下りた。首をひょこひょこ前後に振りながら進み、プリンの空き容器に入れた水にくちばしを差し入れる。欠けた茶碗に盛った雑穀は、寿美江が近所のペットショップで買ってきたというインコ用のエサだ。

ハトの世話をする羽目になって、今日で三日目。寿美江は今、病院にいる。深刻な話ではないらしい。もともと腎臓に持病があり、何年かに一度は検査のために一週間ほど入院しなければならないそうだ。

入院当日の朝に本人から電話があって、「あの子の世話、お願いね。部屋の鍵、ポストに入れとくからさ」と一方的に押しつけられた。「え、なんで……」とこちらが戸惑っているうちに、「タダで頼める人が他にいないんだよ。あたしが戻ってきて、もしあの子が弱ってたりしたら、会社に苦情入れるからね」と言って電話を切ってしまったのだ。仕方なく三〇三号室に行ってみると、食卓の上のチラシの裏に、エサと水のやり方がこと細かに書かれていた。

19号はエサを食べ始めている。茶碗の雑穀をついばんでは、辺りをキョロキョロ見回す。正樹と目が合っても、何食わぬ顔で茶碗に戻る。

ため息に続き、あくびが出た。こうして夕方来るのはまだいいが、朝八時半にもエサをやれと言われているのだ。出勤前にここへ立ち寄るために、普段より四十分も早く起きている。面倒なことこの上ない。

それでも――。世話を放り出せずにいるのは、どこか似たものを感じているからかもしれない。この大都会で迷子になってしまった19号と、自分。もしかしたら、寿美江にも。

ポケットからタバコを取り出そうとしたとき、スマホが鳴った。上司からだ。ハトの目を見て「しー」と唇に指を当て、電話に出る。

「お前、いつまでふらふらしてんだよ」正樹と三つしか歳の違わない上司は、いきなり声を尖らせた。

「すいません、もうすぐ戻ります」

「荒川二丁目のグリーンハイツ、玄関の蛍光灯まだ換えてねーだろ。さっきまた住人が文句言ってきたぞ」

「ああ……すいません、帰ったらすぐ行きます」

「今どこにいんだ」

「えっと――ニューメゾン塚田です。北千住の」とっさの嘘が出てこなかった。ハトの世話を託されていることは、当然ながら報告していない。

「佐竹のところか」

「ええ、まあ」突っ込まれる前に先手を打つ。「例の件はとくに進展なかったんですけど」

「進展なかったじゃねーよ。もっとハッパかけろ、あのデブに」

「すいません」

「ニューメゾン塚田といえば、あれどうなった。白粉婆のハト」

「ああ……」やっぱりきたか。

「飼い主見つかったか。そろそろ一週間だろ」

「ええ、まあ……」正確には、すでに九日経っている。「いろいろあたってはいるんですが、なかなか」

「もういい。時間の無駄だ。さっさと外でとっ捕まえて、絞め殺せ」

「いやあ……それはそれで、難しいと思いますけど」

「だったら、ばあさんが留守の間に部屋に入って、そのハトさらってこい。大家に言って、鍵借りてやっから」

「そんな無茶な」

とにかくもう少しだけ時間をくれと言って、何とかかわした。電話を切ろうとすると、上司が「お、そうだ」と声のトーンを上げる。

「今度始まった刑事もののドラマ、順也出てるぞ」

「ああ……らしいですね」喉がつまる。またか。この上司はいつも、いったいどんな気持ちでこういう話題を振ってくるのか。

「今回も結構いい役だぞ。主役と張り合うライバル刑事」

「マジすか。すごいですよね」軽いセリフなのに、声が硬い。ひどい演技だ。

「あいつ、完全に売れたな。こないだも、トーク番組見てたらよ――」

そこから先は耳を素通りさせて、ただ相づちだけ打っていた。電話を切り、手すりに寄りかかってタバコに火をつける。19号がレモンの段ボール箱の中に隠れた。タバコの煙が嫌いなのかもしれない。

外の空気と煙の匂いが混ざり合い、記憶を刺激する。順也もタバコが嫌いだった。部屋でマイルドセブンの箱を取り出すと、いつもこうしてベランダに追い出されたものだ。

ふた口吸っただけで、また吐き気を覚えた。もうくわえる気にはなれず、指の間で灰になるにまかせる。

順也と出会ったのは、二十二歳のとき。当時正樹がいたほとんど無名の劇団に、順也がよそから移ってきた。

第一印象は、やたら色が白いなということ。優しげな目を細めて静かに微笑んでいるだけで、何を考えているのかわからないやつだと思った。だが、いざ稽古となると表情が一変し、気迫のこもった大きな演技を見せる。思わず目を奪われた。

話をしてみると、同い年で、山形のさくらんぼ農家の長男坊だという。畑を継がずに十八で上京したという境遇まで似ている。ひと月後には自然と相棒になっていた。

もちろん夢も同じだ。いつか、巨匠といわれる監督の映画に呼ばれるような役者になること。どちらかというとショーケン派だと言っていたが、順也も昔の邦画やドラマが好きで、角川映画もよく観ていた。劇団の仲間とさんざん飲んでカラオケ屋になだれ込むと、必ず二人で「セーラー服と機関銃」を熱唱した。

二十四から二十九までの五年間は、ここよく似た間取りの、駅から歩いて二十分かかるアパートで一緒に暮らした。同じ稽古場で汗をかき、同じ店で働いて、同じ部屋に帰る日々。口げんかをした記憶すらない。先輩が旗揚げした劇団に移籍したのも、二人一緒だった。

同居をやめたのは、正樹が結婚したからだ。相手は同じ劇団の団員で、三つ歳上。向こうも女優を目指していたはずなのに、籍を入れると急に現実的になった。いつまでもこんな生活は続けられない、子どもを産むにも女にはタイムリミットがある、などとしょっちゅう口にするようになったのだ。「劇団辞めて就職しろってのか」と正樹が言い返し、けんかが始まる。そのうちいがみ合いにも疲れ果て、互いに相手を突き放すようにして、たった二年で別れた。

順也と住むことはさすがにもうなかったが、二人の関係は変わらなかった。ともに食えない劇団の役者のままだということも。わずかでもギャラが出る仕事といえば、ドラマや映画の端役だけ。三十を過ぎても〈警備員A〉などではない役をやるチャンスは巡ってこなかった。

どちらかが腐って酔いつぶれた夜は、もう片方が部屋まで引きずって帰った。互いに「もう役者なんてやめてやる」という言葉は聞かなかったことにして、次の日には「おい、稽古の時間だぞ」と電話をかけ合った。

正樹が結婚している間に、順也は山栄エステートの清掃部門でアルバイトを始めていた。会社が管理するマンションやアパートの共用部分を掃除して回る仕事だ。「紹介するからさ、会社の人に会ってみろよ」と言われ、正樹もそこで働くことになった。

突然運命が分かれたのは、四年前に二人で受けた映画のオーディション。脇とはいえ、主演俳優とのからみも多い重要な役どころだ。新進気鋭の監督が数十人の中から選んだのは、順也だった。

映画はヒットした。封切られてすぐ正樹も観たが、マゾっ気のあるヤクザという難しい役を、順也は得意の振り切った演技でやり遂げていた。感心した。同時にもちろん、嫉妬もした。

それから順也は、その監督の作品に二本続けて呼ばれた。個性派俳優としてテレビドラマにも声がかかるようになると、もう立派な芸能人だ。アルバイトも劇団も辞め、恵比寿のマンションに引っ越していった。

もしあのとき俺が選ばれていたら、今頃——。そんな想像をしない日はなかった。結局は、運か。一人そう吐き捨てながら、運だけでないことはよくわかっていた。順也が選ばれ続けているのは、順也にしかない何かがあるからだ。果たして自分の中に、そんなものがあるのか。もしあるのなら、とっくに誰かに見つけてもらえているはずではないか。

相棒を失った正樹は、劇団でも次第に孤立していった。大した実績もないのにキャリアばかり長く、おまけにいつも不機嫌とくれば無理もない。稽古場から足は遠のき、アルバイトに出る以外は部屋にこもるようになった。毎晩安酒をあおってもぐり込むカビ臭い布団の中で、夢は朽ち果てようとしていた。

そして、去年の夏。正樹にも声がかかった。ただしこちらは、山栄エステートの契約社員にならないかという話だ。働きぶりによっては二、三年で正社員にしてやると課長に言われた。契約社員とはいえ、会社勤めを始めたらいよいよ劇団に残るのは難しい。踏ん切りがつかずにいたとき、順也が久しぶりに、どこかで会えないかと電話してきた。

六本木のカフェで先に待っていた順也は、芸能人ぶってサングラスで顔を隠すわけでもなく、初めて出会ったときと同じ優しい笑みを浮かべていた。しばらく互いの近況を報告し合ったあと、順也は一枚の名刺をテーブルに置いた。テレビ局のロゴと、〈ドラマ制作部プロデューサー〉という肩書き。それを見た瞬間、すべてを理解した。案の定、順也は「紹介するからさ、この人に会ってみろよ」と言った。

悔しさと悲しさで、体が震えた。情けをかけられたからではない。順也の口ぶりが、清掃のアルバイトを紹介してくれたときとまったく同じだったからだ。自分の歩んできた二十年が、アパートの廊下のゴミのように掃き集められ、ポリ袋に捨てられたような気がした。そこに善意しかないことはもちろんわかっている。ただ、順也とはもう別世界に生きているのだということを悟った。

アイスコーヒーをひと口飲んで、笑顔を作った。そしてなるべく穏やかに、「ありがとう。でも俺、役者はもういいんだ。あの会社で社員になることにしたからさ」と告げた。順也と過ごした年月でもある二十年を、これ以上傷つけないために。正樹にとってそれは、一世一代の演技だった――。

タバコはフィルターのところまで燃え尽きていた。携帯灰皿を上着に探ったが、どこにもない。仕方なく吸い殻をそのままポケットにつっ込んだ。

視線を感じると思ったら、19号だった。いつの間にか、手すりの上にのっている。丸い目を瞬かせながら、首を何度も左右に傾けるさまは、まるで何かを訴えているように見えた。

「心配してくれとるんか」橙色の目をのぞき込んで言う。「ええから、自分の心配しとれ。お前のほんまの家は、どこなんじゃ」

アルノー19号は、日中どこかに飛んでいく。自分の家を捜して、毎日何十キロも飛び回っているのではないかと思った。埼玉か、千葉か、茨城か。あるいは、もっと遠いところで飼われていたのかもしれない。何しろ、迷子になってカナダまで行ってしまうハトもいるのだ。

そっと両手を差し出し、腹の下から包むように持ち上げてみる。ハトはおとなしく抱かれた。想像していたよりずっと軽く、柔らかく、暖かい。ふんわりした羽毛の奥から、小さな心臓の速い鼓動が伝わってくる。この首を絞めるなど、できるはずがなかった。

「まさか、広島っちゅうこたぁないじゃろう?」また首をかしげたハトの目を、のぞき込む。

「それにしても、間抜けなハトじゃのう。お前のコンパスは、どうなっとるんじゃ。狂うとるんか」

そのとき、ポケットで再びスマホが鳴った。上司からなら出ないつもりだったが、画面に表示された名前は〈小山内〉だった。

*

小山内を連れて三〇三号室に入り、照明をつけて洋間の奥のカーテンを開けると、ベランダでアルノー19号がプリンの容器の水を飲んでいた。

「あ、やっぱりもう帰ってきてました」窓を開けてそちらを示した。腕時計を確かめると、五時半を数分回っている。「こいつ、やたら時間に正確なんですよ」

「やあ、君がそうか」小山内は窓際にしゃがみ込み、ハトに向かって言った。「嬉しいよ。やっと会えた」

飲み水を入れ替え、エサを補充する正樹の横で、小山内が19号を抱き上げた。色あせた脚環をあらためて言う。

「なるほど君も、レースバトではないな。由緒正しい伝書バトだ」

「伝書バトといったって、実際は手紙一通運んだことないわけでしょ？　こいつも、他のアルノーたちも」

「おそらくは」

「やらせる仕事もないのに何十年も訓練だけ続けてるなんて、その松倉って人、相当な変わり者ですね」

「変わり者というよりは、頑固な人だったようですが」小山内は19号の顔を見つめて言った。「気持ちはわからないでもない。同じ東洋で報道に携わっていた者としてはね」

昨日の小山内からの電話は、アルノー11号の飼い主についてわかったことがある、というものだった。木更津の飼育者に卵を譲るのを仲介した人物と連絡がとれ、話を聞くことができたという。

会って詳しく教えてもらうことになり、小山内をこのアパートに呼んだ。実物の19号を見たがっていたからだ。寿美江の承諾は電話で得ている。待ち合わせた北千住駅からの道すがら、小山内が聞かせてくれた話は、こうだ。

アルノー11号を飼っていたのは、松倉という老人。若い頃に数年間、東洋新聞でハト係見習いとして働いた、と本人は誇らしげに話していたそうだ。ハト便が廃止されたあとは、鳩舎のハトを十羽ほど引き取って、都内の自宅で飼っていた。「東洋系」を絶やさないことに強いこだわりを持っていて、ハトを作出する際はどちらかの親に必ず東洋の血統を使った。

松倉はハトレースには一切興味を示さず、ひたすら報道用伝書バトとしての訓練を続けていた。首都圏から各地方に延びる鉄道沿線でハトを放ち、どんな条件下でも確実に東京まで戻ってこさせるという訓練だ。なぜ今さらそんなことを、と人に問われると、こう答えた。災害や戦争で通信網が寸断されるようなことがあれば、また伝書バトが必要になる――。

優秀なハトが生まれると、松倉はそれに特別な名前を与えて種バトにした。中でも「東洋アルノー1号」と名付けられたオスはピカイチだった。その遺伝子を受け継いだ子孫のアルノーたちも、いつどこで放たれようとも確実に鳩舎まで帰ってきたという。

松倉はハト以外のことには口の重い人物で、私生活については周囲に何も語らなかった。当時東京に住んでいたのは確かなようだが、自分の鳩舎に人を招くようなことはなく、住所は不明。家族や職業に関しても知る者はいない。

ただ、金も時間もすべてハトに費やしているように見えたというから、暮らし向きは楽ではなかったのだろう。そのうちハトの数を減らしていくようになった。最後にはアルノーとそのパートナーをひと組だけ残し、その血筋を守っていたらしい。

卵の売買を仲介した人物も、それ以後松倉とは付き合いが途絶え、近況については何も知らなかった。電話番号ならわかるというので、小山内のほうからすぐにかけてみたところ、その番号はもう使われていなかった――。

「ちょっと抱いててもらえますか」

小山内が19号をあずけてきた。自分のスマホを操作して番号を呼び出すと、ハトの右脚をつまんで脚環の消えかけた数字と見比べる。

「最後の二桁しか読めないでしょ」正樹は言った。

「でもそこは松倉氏の電話番号と同じです。やっぱり彼のハトだ」

「それがわかったところで、電話がつながらないんじゃあねえ」

正樹は19号を床に置いた。首をひょこひょこ振りながら、ベランダを歩き回り始める。

「あ――」正樹は思いついて言った。「その人、東洋のハト係にいたのなら、そっちで何か出てきませんか。当時の社員名簿とか」

「ええ、そう思って昔の同僚に頼んでおきました。調べてはみるが、あまり期待しないでくれと言われましたよ。何せ六十年も前のことですから」

「まあ、そりゃそうすよね」

「あるいは、どなたかまだご存命のハト係OBと連絡が取れれば、松倉氏の情報ももう少し得られるかもしれないが」

またかよ。ため息が漏れる。これで解決かと思えば、そこも行き止まり。結局、肝心なことがわからない。投げやりな気分をのせて、小山内に言ってやる。

「でも、よかったじゃないですか」あんたは、という言葉は飲み込んだ。「今もこうして東洋系のハトが残ってることはわかったわけですし。本にそう書けるし、写真だって載せられる」

「いや、さすがに飼い主に無断でというわけにはいかんでしょう。それにもう、慌てて書き上げる必要もなくなった」小山内は眉尻を下げた。「実はこないだ、頼んでいた編集者から連絡がありましてね。社内で検討した結果、うちから出すのは難しい、と」

「ああ……そうでしたか」

「まあ、向こうも商売ですから、こちらの思いをくんでばかりはいられない。じっくり原稿を進めながら、他をあたりますよ」

さして落ち込んだ様子も見せない小山内に、以前から気になっていたことを訊ねてみる。

「こういう言い方していいのかどうかわからないんですけど……小山内さんの思いというのは、やっぱり、新聞社でやり残した仕事を何とか形にしたいってことですか」

「——そうですねえ」小山内は口ひげを撫でた。「それが半分、亡くなった母への罪ほろぼしが半分、ですかね」

「罪ほろぼし？」

「私、介護離職したと言ったでしょう。青森に帰ったとき、母のアルツハイマーはかなり進んでいましたが、それでも時どき私を見て我に返ったように言うんですよ。『お前、こんなとこで何してる？　新聞社の仕事はどうした？』とね。私がどう説明しても、なんで辞めたと泣きわめくだけで、何もわかっちゃくれない。こっちは毎日大変な思いをしているのに、そんなことでごねられたら、たまったもんじゃありません。誰のために帰ってきたと思ってるんだと怒鳴りつけてしまったことも、一度や二度じゃなかった」

「それは……辛いですね」

「認知症患者の介護ってのは、きれいごとじゃすみませんよ。一時の怒りや疲れが積み重なって、いつか本物の憎しみに変わってしまうんじゃないかと、こっちも怯えるような日々です。

実際、母が息を引き取ったとき、私は涙一つこぼしませんでした。張りつめていたものがぷつんと切れて、感情まで麻痺してしまったような状態でね。

でもそのあと、母の葬式で親戚や近所の人みんなに言われました。あんたのお母さんは、一人息子のあんたが本当に自慢だった。それだけが生きがいだったんだよ、とね。東洋新聞の東京本社で記者をしてるんだって、会う度に聞かされた。それだけが生きがいだったんだよ、とね。それを聞いているうちに、初めて泣けてきました。仕方のないこととはいえ、母が最期にどんな思いをしていたのか想像すると、切なくて。もう記者ではない身で母を見送っていることが、申しわけなくてねえ」

「でも、だからって――」言葉を選びながら、確かめる。「青森に帰らないほうがよかったってことじゃあ、ないんですよね？」

「ええ、そりゃあね。もし帰っていなかったら、もっと後悔していたと思いますよ」小山内は夕闇が迫る空に視線を向けた。「ただ、最後に母の生きがいを奪うようなことになったのは、今もずっと引っかかってますから。せめて、本をね。ほら母ちゃん、新聞社は辞めたけど、立派な本を出したからねと言って、仏壇に供えたいと思ってるわけですよ」

「――なるほど」

かすれた声で言いながら、ほろぼすほどの罪がどこにあるのかと思った。大手新聞社に勤め、病の母親に最後まで尽くした小山内の行いが罪だというなら、自分の二十年にわたる親不孝は何と呼べばいい。

「あなたは、どこの生まれ？」今度は小山内が訊いてきた。

「ああ……」一つ咳払いして答える。「広島です。瀬戸内の島ですけど」

「里帰りはしてますか」

「――いえ」正面のタワーマンションに顔を向けたまま、かすかにかぶりを振った。「帰ってません。長い間」

「ご両親はご健在なんでしょう？」

「ええ。たぶん」

その答えに、小山内は何かを察したらしい。横顔に視線を感じた。しばらく間を置いて、小山内が言う。

「何も考えずに、ふらっと帰ってみるのもいいと思いますよ。帰れる場所があるうちに」説教くさい口ぶりではなかった。「まあ、ハトのようにいかないのはわかりますが」

正樹は19号に視線を向けた。今度は茶碗の雑穀をついばんでいる。小さく息をつき、ぼそりと言う。

「なんでハトは、そんなに家に帰りたいんですかね」

「本能という言葉では、納得できませんか」小山内が言った。

「食べるとか眠るとか交尾するとかよりも、家に帰るほうが大事だと思っているように私には見えるんです。そんな本能、ちょっと理解不能ですよ」

「愛鳩家に言わせれば、家と家族、そして飼い主を愛するハトの心だということになるんでしょうが」

「ずいぶん都合のいい解釈ですね」

「『シートン動物記』のシートンも、あなたと同じ意見ですよ。ハトの心の中を人間が勝手にでっち上げるのは間違いだと書いている。ただし――」小山内は人差し指を立てた。「彼はこうも言ってるんです。我々がそれをどう説明しようが、ハトにその能力があることに変わりはない。羽ばたく翼がある限り、それは彼らの中に圧倒的な力をもって存在するのだ、とね」

「圧倒的な力ねえ」

19号が食事を中断し、頭を上げた。目が合うと、何の話だという顔で首をかしげる。

「アルノーの物語にも、こんなくだりがあるでしょう。『わが家よ、わが家よ、なつかしいわが家よ！　このこがれるばかりのアルノーの、古巣に対する情熱は、どんな人間でも抱くことができないくらい激しいものだった』――。何度も読んで覚えちまいましたよ。ほら、ハト泥棒に捕らえられていたアルノーがやっと解放されて、ニューヨークの家へと急ぐ場面」

「え？　本家アルノーって、盗まれたんですか？」

「ああ、読んでないんでしたね」小山内は小さくうなずいた。「そう、盗まれたんですよ。シカゴからニューヨークへ向かうレースの途中にね。喉が渇いて、たまたま見つけた見知らぬ鳩舎に飛び込んだ。それ自体はよくあることなんですが、そこの主が悪い男で、アルノーをそのまま捕まえてしまったんです」

「アルノーが有名なハトだったからですか」

「そうです。自分のハトと交配させて、優秀な子を作ろうとした。そのためにアルノーを二年も鳩舎に閉じ込めていたというんですから、ひどい話ですよ。幸い、交配がうまくいったあと、自由の身にされたんですがね」

「そのあとは、無事に？」

「いいえ」小山内が眉を寄せる。「谷を越え、山を越え、シートンの言葉を借りれば『わが家へ！　わが家へ！』と飛び続けたんですが、ニューヨークまでもうすぐというハドソン渓谷で、狩りをしていた人間に撃たれてしまった。傷を負ったところをハヤブサに襲われて、死にました。『アルノー』と刻まれた銀の脚環だけが、ハヤブサの巣の中でのちに見つかったそうです」

「ああ……」

「私が一番思うのはね」小山内があごを上げた。「ハトにとって、二年という月日はとても長いってことですよ。ハトの寿命はせいぜい二十年ですから。その間遠く故郷を離れていても、家に帰りたいという衝動と情熱は、まったく衰えない。イギリスでは、海峡横断レースの途中に行方不明になっていたハトが、五年も経ってからマンチェスターの飼い主のもとへ帰ってきたという事例もあるんです」

「五年——」人間でいえば、二十年というところか。

「翼の感じからすると」小山内は19号を指差した。「こっちのアルノーはまだ比較的若いハトに見えます。にもかかわらず、脚環がこんなに傷んでいる。もしかしたらこの19号も、案外長い間放浪を続けてきたのかもしれません」

「でも、こいつの本当の家、松倉って人の家、この東京のどこかにあるんですよね？　地方で訓練の途中に迷子になったんだとしても、もう都内まで戻ってきたわけだし。毎日どこかを飛び回ってるのは、家を捜してるんだと思うんですよ。それでもずっと見つけられないなんてこと、あり得ます？」

　小山内は口ひげをつまみ、うーん、と低くうなった。

「そこは確かに、解せないところではありますね。訓練されたハトというのは、かなりの範囲の地図を頭の中に持っていますから。我々だって、コンパスだけ持たされても目的地にはたどり着けない。必ず地図も要るでしょう？」

「要りますね」

「ハトの空間情報の記憶力は、けた外れでしてね。一度飛んだら、そのルートの陸標を覚えてしまう。つまり、地形、川、湖、目立つ木や岩、建物などの位置をね。しかも、ハトが持っているのはそういう視覚的な地図だけではないんです。匂いの地図や、音の地図まで使う」

「何ですかそれ」

「その場所に特有の匂いを知ってるんですよ。位置による濃さやその変わり方まで。実際、嗅神経を切断したり、鳩舎を何かで覆って中の匂いが漏れ出ないようにしたりすると、ハトは戻ってこられなくなる。音の地図についてはまだよくわかっていないようですが、自然現象が発生させる超低周波音を利用しているという説がありましてね。地形などによる響き方の違いを、位置情報として記憶しているのではないかというんです」

「へえ」と応じながら膝を折り、羽づくろいを始めた19号に向かって言う。「ハトにそんな力があるのなら、なおさら不思議ですよ。本家ほどじゃなくても、こいつだって一応『アルノー』なわけでしょ。松倉って人の最高傑作の子孫なわけでしょ。どこで放たれても絶対に帰ってくるという血を受け継いでるはずじゃないですか。それをいつまでも、のん気な顔で人ん家に居候して。おい、聞いてんのか。お前のことだぞ」

19号は素知らぬ顔で、首を前後に振りながら段ボール箱の中に入っていく。レモンのイラストが描かれた小さな家の中に。

その様子を見て、自分が広島に帰る場面を想像した。

島に着いたら、まっすぐ家に向かえるだろうか。いや、無理だ。しばらく近所をうろうろして様子をうかがい、レモン畑に身を潜めてじっくり腹をくくり、それから――。

ばかばかしいとは思いつつ、19号にも確かめてみたくなった。段ボール箱をのぞき込むようにして、広島弁で訊く。

「もしかしてお前の家、この近所なんじゃないんか？　自分の家はわかっとるが、入れんのじゃろう？　久しぶりにのこのこ帰ってきて、飼い主に会うのが気まずいんじゃろう？」

「ほう、面白いこと言いますね」小山内が真顔で言った。

「いや……」急に気恥ずかしくなり、立ち上がる。「何となくですけど、やっぱりこいつ、実はもう近くまで帰ってきてるんじゃないかって気がして。気まずくて家に入れないというのは冗談としても、例えば、帰ってきたのにハト小屋が見当たらないとか」

「放浪している間に松倉氏が亡くなっていた、あるいは転居していたとしたら、それもあり得ますね」小山内は口ひげに手をやった。「ちなみにですが、この部屋の加藤さんという方は、いつからここに？」

「松倉って人が以前ここに住んでたってことですか？　それはないですね。加藤さんは入居してもう十二年です」

「ああ……」小山内は正面を見すえ、ひげを撫で続けている。

「両隣りも古いですしね。そもそも、このアパートで以前ハトを飼ってた人がいたなんて話はありませんよ。この一画は古い住宅が多いですし、昔からの住人ばかりで、人の入れ替わりがほとんど――」

小山内がすっと右手を前に突き出した。

「あれ」と指差したのは、目の前のタワーマンションだ。いつの間にか外は真っ暗で、巨大な壁面に窓明かりがモザイクのように灯っている。

「あのマンションは、いつ建ったんです？」

＊

タワーマンションの陰から、アルノー19号が小さな姿を現した。

「ああ、帰ってきた！　帰ってきた！」寿美江がしわがれ声で歓声を上げる。

退院して初の対面に、喜びが隠せないらしい。両手を高く上げ、まっすぐこちらに飛んでくるハトに手を振っている。

手すりに着地した19号も、寿美江の一週間ぶりの出迎えに驚いたようだ。盛んに首を振りながら、しきりに羽をばたつかせている。

「はい、おかえり」寿美江は19号を胸に抱き、その小さな頭に頬ずりした。「元気だったかい？　長いこと留守にして、悪かったねえ」

寿美江は頭や羽をしばらく愛しげに撫でたあと、床に下ろした。19号はまだ抱いていてほしかったのか、飼い主の足もとを何往復かしてから、やっと水を飲みに行った。

その姿を満足げに見つめながら、寿美江が話を戻す。

「じゃあ、その松倉って人は、葬式も出してもらえなかったのかい？」

「息子さんともう一人の親戚で、お坊さんにお経をあげてもらうぐらいのことはしたそうですけど。娘さんのほうは、来なかったそうです」

「気の毒だけど、自業自得だよねえ。家族そっちのけで、好き勝手に生きたんだもん」

解決は、あっけないものだった。小山内のひらめきどおり、松倉の家は、今はタワーマンションが建つ敷地内にあったのだ。

あの翌日、半信半疑のまま周辺で聞き込みをしてみると、ほどなく「知ってるわよ。ハトの家でしょ」という女性と出会うことができた。近所付き合いのようなものはなかったが、気難しそうな老人がずっと一人で住んでいたという。

古い小さな平屋の家で、せまい裏庭いっぱいに手製のハト小屋が建っていたそうだ。当時の区割りだと、そこはこのアパートから路地を含めて通りを三本隔てた先だ。最後の十年ほどは出入りしていたハトも数羽だったというから、寿美江がその家のことを知らなかったとしても不思議ではない。

家は借家で、大家が今も近くに住んでいるというので、その足で訪ねてみた。松倉の名前を出すと、大家は苦虫を嚙み潰したような顔で開口一番、「もう面倒はご免だよ」と言った。聞けば、松倉は三年前の十二月にその家で孤独死したという。発見したのは、家賃の催促にいったその大家。冬場で死後数日だったとはいえ、後始末は大変だったらしい。

保証人になっていた五十代の息子が遺体と家財道具を引き取ったあと、家とハト小屋はすぐに取り壊された。小屋の中はきれいに掃除されていたのに、ハトは一羽もおらず、どこからか帰ってくる気配もなかったそうだ。

大家は言葉を濁していたが、地上げの話はその時すでに進んでいたのだろう。それから半年も経たないうちに一帯が更地になり、タワーマンションの建設が始まったとのことだった。

昨日、埼玉県内で暮らす松倉の息子と電話で話をすることができた。訳あって一時的にアルノー19号の世話をしていると言うととても驚いて、父親のことをいろいろ教えてくれた。

骨董やギャンブルに狂って身を持ち崩す人間がいるように、松倉はハトに狂って家庭を壊した男だった。

伝書バトへの憧れは、子どもの頃から抱いていたらしい。東京の下町で高校まで出ると、東洋新聞のハト係を訪ね、無給でいいから見習いとして働かせてほしい、と当時の係長に頼み込んだそうだ。

東洋の鳩舎が廃止になると、十羽余りのハトを引き取った。見合い結婚をして件(くだん)の借家で暮らし始め、二人の子どもが生まれても、可愛がるのはハトばかり。ハトの世話と時間が合わないなどと言ってはたびたび仕事を変え、ぎりぎりの生活費しか妻には渡さない。休日はハトを携えて電車で遠出し、ひたすら帰巣の訓練。ハトが増えるとせっせと小屋を建て増した。

種バトを買うために借金まで重ねていることがわかると、じっと耐え続けていた妻に限界がおとずれた。まだ小学生だった子どもたちを連れて、秩父の実家に帰ってしまったのだ。

結局そのまま離婚となったが、息子だけはその後も時どき父親と連絡を取っていたそうだ。理由を訊くと、息子は笑いながら「ほんの少し、親父の気持ちがわかるんですよ。父親譲りなのか、私も凝り性なところがありましてねえ。犬が好きで、ブリーダーの真似事をしていたこともありますから」と言っていた。

それから三十数年間、松倉はその家に一人で暮らした。ハトを通じた人付き合いも最小限のものだったようだが、孤独なだけの後半生だったとは誰にも言い切れないだろう。何しろ彼には、ハトがいたのだ。

父親のハトのことを息子はほとんど何も知らなかったが、アルノー19号という名だけはよく覚えていた。彼が言うには、年々ハトの数を減らしていった松倉が、八十歳を前に手もとに残した最後の一羽だという。

その経緯は松倉の死後、家に残されていた百冊以上に及ぶ飼育日誌を見て知ったのだそうだ。

ハトの健康状態や訓練の詳細が、几帳面な字でびっしり記録されていたらしい。

ところが、亡くなる半年ほど前から、毎日同じ書き込みが続くようになった。たった一行、〈19号、今日も帰らず〉という文言だ。何が起きたのかとよく読んでみると、訓練のため新潟で放ったあと、行方不明になってしまったと書かれていた。

つまり、それから三年もの間、19号はずっとさまよい続けていたのだ。ここで寿美江に保護されるまで、どこでどうやって生き延びていたのかはもちろんわからない。やっと東京に戻り着いたときには、故郷の街の形が変わっていた。辺りをいくら飛び回ってみても、思い焦がれた我が家があるはずの場所には、見知らぬ巨大な塔がそびえているだけ――。

欠けた茶碗にエサを足してやりながら、寿美江が言う。

「あたしの別れた亭主はね、俺は野垂れ死でいいんだっていつも言ってた。そしたらほんとにそうなったよ。松倉って人も、自分がさびしい死に方をするだろうってことは、よくわかってたんじゃない？」

「まあ、それはそうかもしれませんけど」

正樹は19号を見下ろした。最後の一羽だったこのハトが行方不明になったあとも、松倉がハト小屋の掃除を続けていたということを思い出す。

「家族はともかく」静かに言った。「松倉さん、こいつにはもう一度会いたかったでしょうね。死ぬまでに」

「子どもたちよりもかい？」

「さあ、そこまでは想像つきませんよ」小さくかぶりを振り、ベランダにしゃがみ込んだ寿美江に視線を移す。「加藤さんは、お子さんは？」

「いない。欲しかったけどね」

「――そうですか」

「いたらいたで、もっと苦労したかもしんないけど、それでもねやっぱりね。老い先短くなって、後悔してることといったら、それぐらいだよ。でも、この子が来てくれたからさ」

寿美江は片手におさまるほどの箒(ほうき)を手に取った。段ボール箱の中の糞や羽をそれで掃き出しながら、続ける。

「そりゃあ、あたしは人様に褒められるようなことはしてきてないよ。でもね、誰かに後ろ指差されるようなこともしてないんだよ。だから、最後にこれぐらいのいいことがあったって、ばちは当たらないだろう？」

「当たるわけないですよ。ていうか」嫌味ではなく、心から言った。「加藤さんも、もう立派な愛鳩家ですね。やっぱり、かわいいですか」

聞かずとも、よくわかっていた。正樹自身がそう感じ始めていたからだ。昨日などは、五時四十分になっても19号の姿が見えず、やきもきした。無事に帰ってきたときは、思わず小さな頭を撫でてしまったほどだ。

「かわいいに決まってるじゃない。何も言わなくても、毎日ちゃんと帰ってきてくれるんだから」寿美江は19号をまた抱き上げた。「この子と一週間ぶりに会えただけでこんなに嬉しいんだもん。ほんとの我が子が久しぶりに帰ってきたりしたら、どんなに嬉しいんだろうねえ」

「ダメ息子でもですか」自嘲を浮かべて言った。

「自分のことかい？」寿美江もにやりとする。「きっと、どんなダメ息子でもだよ」

寿美江は19号のくちばしに唇を寄せ、優しく声をかけた。

「ほら、あんた。もう昔の家をさがし回ったって、しょうがないんだよ。ずっとうちにいたらいいんだよ」

「あ、そうだ」正樹は紙袋から一冊の本を取り出した。タイトルは、『初心者でもできる ハトの飼い方』だ。「これ、その小山内さんから。19号の写真を本に使わせてもらうお礼だそうです。あと、ハトのエサも一袋ここに。インコ用とはちょっと違うそうですよ」

「悪いねえ。お礼言わなきゃなんないのは、こっちなのに。この子のこと、すっきりさせてくれたんだからさ」

「松倉さんの息子さんも、アルノー19号をよろしくお願いします、とのことでした。そんなわけなんで――」

寿美江と19号の顔を交互に見て言う。

「これからもずっと、飼ってやってください。この部屋で」

一瞬驚いた寿美江が、かぎ鼻のつけねにしわを寄せる。

「そんなこと言っていいのかい？　あんたの仕事は、あたしらを追い出すことだろ？」

「まあ、いいんじゃないすか、もう」

「あんた、ちょっと雰囲気変わったね」寿美江が口角を上げて見つめてくる。

「そうですか」ととぼけ、ついでに言ってやる。「立ち退きのことで、一〇一号室の佐竹って人がまた何か言ってくるかもしれませんけど、まともに聞いちゃダメですよ」

「聞くわけないじゃないか。こちとら長い水商売で、人を見る目だけはあるんだよ。あんな男、信用しろってほうが無理な話だね」

「ですよね」思わず頰がゆるんだ。「僕はどうです？　もう信用してもらえてますか」

「どうだろうねえ」寿美江が品定めするような目を向けてくる。「今日はずいぶんいいよ。前みたいに、芝居がかったこと言わなくなったからね」

「芝居がかってましたか」

「役者としちゃあ、二流がいいとこだよ」

さすがに今度は、声を上げて笑ってしまった。19号が不思議そうな顔で、こちらを見ていた。

車で会社に戻ると、まだ大半の社員が残っていた。フロアの隅のキーボックスに車の鍵を掛け、自分の席にも寄らずに黙ってオフィスを出る。

廊下を歩き出したとき、中から「おい園田！」という上司の大声が聞こえたが、足は止めなかった。今日中に回れと言われていた物件がまだ一つ残っているし、業務日誌も書いていない。だがもうそんなこと、どうでもよかった。

会社を出て、いつもの道を歩いて駅へ向かう。駅前のロータリーが見えてきたところでふと思い立ち、右の脇道へ入る。昔ながらの商店街があったことを思い出したのだ。

入り口に近づくと、揚げ物の匂いが漂ってきた。アーケードはなく、飾りのついた街灯が並んでいるだけのせまい通りだ。

店じまいを始めているところもあるが、買い物客の姿はまだ多い。幼い子どもを自転車の後ろに乗せた母親が、正樹の横をすり抜けていく。花屋、履物店、シャッターの下りた店と続き、その先に八百屋があった。

そろそろ出回っている頃だとは思っていたが、やはり店先に並んでいる。〈レモン（国産）〉という札が立てられたカゴから、緑色のレモンを一つ手に取った。

瀬戸内のレモンの収穫期は、十月から四月。黄色く色づくのは十二月頃からで、今の時期はまだグリーンレモンだ。島の斜面いっぱいに植えられたレモンの木々が鈴なりに実をつけ、艶のある緑色の果皮が日差しを照り返している光景が、目に浮かぶ。

一個分の代金を払い、袋ももらわずに店を離れた。レモンを手の中で転がしながら、来た道を駅に向かってぶらぶら歩いていく。

使い道は決めてある。薄くスライスしてラムの炭酸水割りに浮かべるのだ。ラムソーダ。松田優作が好きだったという酒だ。安物のラムなら家にまだ少し残っている。炭酸水は近所のコンビニで買えばいい。

明日からのことなど考えず、ゆっくりと二杯か三杯。深酒はすまい。それだけで今夜は、気分よく眠れるだろう。

歩きながら、西はどっちだろうと思った。もうとっくに日は沈んでいる。駅前の地図を思い浮かべてみるが、この通りがどの方角にのびているのか、確信が持てない。

小山内に聞いたことを思い出した。ハトは匂いも使って自分の家をさがし出すという話だ。

軽く放り上げたレモンをつかみ、鼻先に持っていく。

深くその香りをかいだ。

玻璃（はり）を拾う

いつもの茶屋町（ちゃやまち）のカフェは中の席がいっぱいで、テラスに案内されたのだが、そっちも悪くはなかった。ちょうど日差しが出てきて冷たい風もやみ、急に空気がぽかぽかし始めたからだ。梅田の駅から買い物客が絶えず流れてくるこの洒落た通りにも、春めいた草花の匂いがうっすら漂っている。

わたしたちの他には、席を三つはさんでカップルが一組いるだけ。テーブルの上で指を絡め合い、甘い世界に浸りきっている。

「瞳子（とうこ）、今日いつもとちょっとメイク違う？　目もととか」奈津が言った。

「あ、わかる？」

「一段とまつげが主張してるけど、まさかエクステ？」

「ちゃうちゃう。マスカラしっかり目なだけ。アイラインも。最近クマがひどいねん。コンシーラー塗りたくったから、バランス取ろう思て。ケバい？」

「ええんちゃう。でも、あんまり瞬きせんといて。ただでさえまつげ長いのに、風きて寒い」

「風邪ひかしたろか」

テーブルに身を乗り出してまつげをバサバサさせていると、飲み物が運ばれてきた。

わたしは華奢なグラスのビールをぐびりと喉に流し込み、「ああ」と唸（うな）る。それを見た奈津が、大げさに震えてみせた。

「そっちはほんまに、見てるだけで寒なってくるわ」奈津は温かいチャイのカップを両手で包んでいる。「外でビールはさすがに気が早いって」

「飲みたい気分やの」

「気分て、週末の昼飲みはいつものことやん」

「やっぱりさ」わたしは音を立ててグラスを置き、切り出した。「あんなん、あり得へんな」

「何が」

「恋愛映画とか少女漫画の最初のシーンで、よくあるやろ。主人公の男女が出会い頭に衝突したり、ちょっとした行き違いでけんかになったり」

「ああ、曲がり角でぶつかって、いつの間にか恋愛に発展——みたいな？　王道やん」奈津はネイルをいじりながら言う。「誰か見知らぬ男とぶつかったん？」

「ぶつかった。事故。恋愛に発展どころか、裁判に発展するところやった」

「え、何それ？」奈津が顔を上げる。

わたしはスマホを手に取って、SNSのアイコンをタップした。写真の投稿や共有に特化したサービスだ。自分の最新の投稿を開き、美味しかったワインのボトルを撮っただけの写真を見せる。

「これ、こないだのワインバーの？　チリワインやったっけ」

「それはどうでもいいねん。コメント欄、読んでみて」

「〈最後通牒(つうちょう)です。これ以上無視し続けるということであれば、法的手段をとります〉」声に出して読んだ奈津が、眉を寄せる。「どういうこと？」

「あたしも最初は何のことかわからんかってんけど――」

もともとわたしは、SNSに熱心ではない。せいぜい週に一、二回、自分のメモ代わりに写真にひと言添えてアップしているだけだ。知り合いがお義理で〈いいね！〉をしてくれることはあっても、コメントがつくことはまずない。だから、いちいちそれをチェックする習慣もなかった。

ところが一昨日の夜。ベッドの中で数日ぶりに写真を一枚上げたところ、一分もしないうちにそのコメントが飛び込んできたのだ。送信者は〈休眠胞子〉なる人物。もちろん心当たりはない。何度目かの書き込みだというのは明らかだったので、わたしは慌てて以前の投稿を見返していった。

すると、先月と先々月、二度にわたってその人物がコメントを残していたのを発見した。文言はどちらも同じ。〈昨年3月6日にあなたが投稿した画像は、僕の作品です。著作権侵害にあたりますので、即刻削除してください〉というものだ。

「去年の三月って、一年も前やん」奈津が言った。

「そう。その執念深さがまず怖いやろ」

「どんな写真載せたんよ」

わたしはアルバムのフォルダに残していたそれをさがし出し、画面を奈津に向けた。

「きれいやけど……何これ？」

「それが、ようわからんねん」

黒を背景に、ぼうっと青く光る花模様。幾何学的な形の繊細なガラス片のようなものを丁寧に並べて作ってある。真ん中に円形のものを置き、それを囲む二十枚ほどの花びらは角の取れた細長いひし形。デザインとしてはマーガレットに近い。個々の花びらが放つ青い光は、中心部で白味を帯びて輝きを増し、ふちに向かって色が深くなっている。

　目を凝らすと、薄いガラス片が驚くほど精巧にできていることがわかる。円形のものには放射状に何十本もの筋が入っていて、ひし形の花びらにも対角線の溝と、無数の点のような模様が見える。

　この写真を投稿したとき、〈ガラス細工？　こういうアクセサリーほしい〉と書き添えたのは、その幻想的な美しさが気に入ったからだと思うのだが――。

「何かも知らんと上げたん？」奈津が呆れ顔で言う。

「うん。なんでこんな写真持ってたんかさえ、わからへん。何も覚えてないねん。この頃何があったか調べようにも――あたしスマホ変えたやん？」

「ああ、そういえば」

「予定書いてたカレンダーのデータも、メールもメッセージも、何も残ってない」

　機種変更をしたのは、あいつと別れたちょうど一年後。見れば辛くなるようなものを全部消してしまうのに、いい機会だったのだ。

「でも」わたしは続ける。「いいなと思ったアクセサリーの写真、前から集めたりしてたし。これも自分でネットで拾ってきたんやろうなって。記憶にないけど」

「ふうん」奈津が画面に顔を寄せる。「でもこれ、商品の写真には見えへんで。確かに、作品や」

「作品やとしてもやで」わたしは声を高くした。「これ見たら、ガラス細工か何かやろうと、普通思うやん？　でも、それが余計あかんかったみたい」

「余計って？」

「さっきのコメント欄の続き、読んでみて」

一昨日の投稿に画面を戻し、スマホを奈津に手渡した。わたしと男性とのメッセージのやり取りが、こう続く。

〈申し訳ございません。以前もコメントを頂戴していたことに、今まで気がついておりませんでした。投稿は削除しました。今後このようなことがないよう気をつけます〉

〈あの画像はどこで手に入れたのですか〉

〈たぶん、ネットで見つけたのだろうと思うのですが〉

〈そのサイトの名称かURLを教えてください。そちらにも抗議します〉

〈すみません。何も覚えていないんです。一年前のことなので……〉

〈覚えていないでは済まない。人の作品を無断で、しかも不正確な形で載せておいて〉

〈申し訳ありません。不正確な形というのは、どういう意味でしょうか〉

〈あれはガラス細工などではない。あなたは、あれが何かさえ知らないくせに、勝手にSNSに上げた。あなたのいい加減さのせいで、こっちは迷惑をこうむっている〉

〈具体的には、どういうご迷惑をおかけしたのでしょうか〉

最後のわたしの問いかけに返信はなく、やり取りは途絶えている。読み終えた奈津が、にやりと笑った。

「向こうも相当やけど、瞳子も最後のほう、逆ギレ気味やん」

「ネチネチしつこいねんもん。何回も謝ってんのに」

わたしはまた腹が立ってきた。一度ビールをあおってから、前のめりにまくし立てる。

「だいたい、あたしそんなに悪いことした？　きれいやなあって、褒めてあげたんやん。了見がせまいというかさ。何がそんなに気に入らんの？〈あなたのいい加減さのせいで〉って、見ず知らずの男が何勝手に決めつけてくれてんのよ」

カップを口にもっていった奈津が、それは当たってるけどな、とでも言いたげな目でこっちを見た。わたしは構わず続ける。

「〈ガラス細工などではない〉って、知らんわそんなこと。どんな高尚なゲージュツか知らんけど、人に見てもらうために作ったんちゃうの？　偉そうに、何様のつもりなん？」

「あたしに訊かんといてよ」

「やっぱりあれやな。作品の良さと作者の性格とは、何の関係もないな」

「この――」奈津が画面を見直して言う。「〈休眠胞子〉さん？　何者やろ。調べてみた？」

「調べたけど、素性は何も分からんかった。あたしに文句言うためだけに、その名前でアカウント作ったみたい」

「どういう意味やろな。〈休眠胞子〉って」

「知らんわ。名前からしてオタクくさい。ほんま気色悪いわ」

「写真はその一枚しかないん？」

奈津がわたしのスマホを操作して、もう一度アルバムを開いた。見られて困るような写真などないことは、互いによくわかっている。画面を右にスワイプして一つ前の写真を見た奈津が、「あ」と頬を緩めた。

「急にバリ島の写真出てきた。そっか、あれももう一年前か。早いなあ。そら、気づかんうちに三十になってるはずやわ」

去年の二月、土日に有給をくっつけて三泊四日で強行した、二十代最後の二人旅だった。

「それ、奈津が送ってくれた写真やろ」わたしは言った。

「そうそう。あたしが撮ったやつ。このホテルさあ、値段の割に――」写真を順に見返していた奈津が、突然顔を上げて固まった。「ちょっと待って。もしかしたら――」

わたしのスマホを置くと、今度は自分のそれを手に取って、せわしなく指を動かしながら何かさがし始める。やがて、「やっぱり」とつぶやいて、画面をこちらに向けた。

「え――」青く光る幾何学的な花模様。問題の写真とまったく同じものだ。「どういうこと?」

「わからん。でも、こういう写真どっかで見たことあるぞって、急に思い出してん。ほら、あたしのアルバムでもバリ島の写真のすぐあとに入ってるから、間違えて一緒に瞳子に送ってしもたんかも」

「何よ、もとはと言えば、あんたのせいやったんやんか」

「どうしたんやっけなあ、この写真」奈津は眉を寄せ、あごに手をやった。「こんなん興味ないし、自分でわざわざ拾ってくるはずはないねん。あたしも誰かに送りつけられたような気がすんねんけど――」

＊

京都は久しぶりだった。阪急沿線の自宅から一時間ほどで来られるのだが、とくにここ数年は観光客で常にごった返している印象があって、足が遠のいていている。

出町柳(でまちやなぎ)駅から地上に出ると、そこは鴨(かも)川にかかる賀茂(かも)大橋のたもとだ。ぶ厚いガイドブックを手にした外国人たちの間をすり抜け、川を背に今出川通りを東に向かう。

「お母さんが京都の人やなんて、知らんかったわ」横を歩く奈津に言った。

「言うたことなかったっけ？　でも、うち見てたらわかるやん？　隠しきれへん上品さ？　京女のＤＮＡ、いうんかなあ」怪しげなはんなり言葉で訊いてくる。「瞳子さんのお母さんは、どちらのお生まれどす？」

「岸和田。知ってるやろ」

「あら、えらい南のほう。うちなんかには、ちょっと怖いわあ。でも確かに――」口に手を当てて言う。「だんじりのＤＮＡ、おすなあ」

「いてもうたろか、ワレ」

　ふざけたことを言い合いながら、半分当たりで、半分はずれだと思った。でもそんなことは、奈津だって当然よくわかっている。

　奈津は実際、細かなことにもよく気がつくし、わたしなんかよりずっと女らしい。かといって、〝京都人の裏表〟のようなものもなければ、〝面倒くさい女〟の要素もない。彼女にあるのは、何があってもしなやかに受け流す、柳のような強さだ。

　片やわたしは、単純で大雑把。人からもよく、さばさばしている、男っぽい、などと言われる。でも本当のところは、少し違う。むしろ、そうするより他に振る舞い方を知らないだけなのだ。乾いた殻の中身はじっとりしていて、実は芯も脆い。そのことを、二十代の終盤に嫌というほど思い知った。

　奈津とは高校時代からもう十五年の付き合いだ。校舎の窓から太陽の塔が見える女子校で出会い、エスカレーター式に進学した女子大を卒業するまでの七年間は、ほぼ毎日のように一緒にいた。その後、わたしは医療機器の販売代理店、奈津は教材専門の出版社に就職したが、どちらも勤め先は大阪市内なので、今も週に一度は会っている。

恋愛の悩みも仕事の愚痴も、打ち明けていない話はお互い一つもないはずだ。奈津という友人を得たことは、もしかしたら、わたしのこれまでの人生で一番の幸運だったかもしれない。とくに、いろいろあったここ三、四年は、奈津が近くにいてくれなければとても乗り越えられなかっただろう。

スマホで地図を確かめた奈津が、「こっちや」と言って右に入った。角の標識に〈鞠小路（まりこうじ）通り〉とある。古い町家がぽつぽつと残る細い通りをしばらく行き、有名な金平糖屋を通り過ぎたところに、その店はあった。

昭和っぽい書体で〈喫茶 玻璃（はり）〉と書かれたスタンド看板が、植木に半分隠れて立っている。ステンドグラスがはめ込まれた年代物の扉を奈津が開くと、カランカランとベルが鳴った。

カウンター席にテーブルが三つの小さな店だ。口ひげのマスターは、「いらっしゃい」とだけ言って、常連客らしき老人とのおしゃべりに戻る。板張りの壁にも色とりどりのステンドグラスがたくさん飾ってあった。

他に客は一人だけ。一番奥の四人掛けテーブルに、こちらを向いて座っている男だ。もしかして、と思っている間に、奈津が「あ、どうも」と男に小さく手を振った。「休眠胞子」は会釈も返さない。テーブルの上のグラスに顔だけ突き出してストローをくわえ、上目づかいにこちらを見ている。

「お久しぶりですね。二年ぶりぐらい？」言いながら、奈津が休眠胞子の向かいに座る。わたしはその隣りに腰かけた。

休眠胞子はやっとストローを口から離した。色からしてミックスジュースだろう。ぎょろっとした目を一瞬だけわたしに向け、ぼそりと答える。「——三年と少しです」

癖なのか、両手はずっと腿と座面の間に差し込んだままだ。痩せ型で、ひどい猫背。芸術家という風貌ではない。毛先だけわずかにカールした髪は整えてもいないようだし、くたびれたネルシャツの柄もあまりぱっとしない。

歳はわたしたちより五つか六つ上だと聞いているが、態度も服装も、きちんとした勤め人にはとても見えない。引きこもり同然らしいという奈津の言葉も、なんとなくうなずける。

お冷やを持ってきたマスターに飲み物を注文したあと、奈津が休眠胞子に訊く。

「雅代さんは、お体の具合どうですか」

「まあ、なんとか生きてますよ」標準語のイントネーションだった。「年末に体調を崩してまた入院してたんですが、一月の末に退院して、今はうちにいます」

雅代さんというのは、休眠胞子の母親だ。そして、奈津のお母さんの従姉妹。つまり、奈津と休眠胞子は、はとこ同士ということになる。

例の写真は、当人の母親から奈津のお母さんに送られてきたものだった。「うちの息子、こういうの作ってるんよ」というふうなことだったのだろう。奈津のお母さんはそれを、何か用事のメールに添付して娘に送りつけた。奈津はろくに見もせずアルバムに放り込み、バリ島の思い出とともにうっかりわたしのもとへ——というのがことの顛末だったわけだ。

それがわかって、ほっとしたところは確かにある。どこの誰かもわからない男に恨まれているというのは、正直怖い。それに、こちらだけに落ち度があったわけでもないのだ。

休眠胞子はここ京都で母親と暮らしている。母親は長らく膠原病を患っていて、入退院を繰り返しているそうだ。

この親子と、京都に大勢いる奈津の親戚との間には、もうほとんど付き合いがないらしい。雅代さんは二十代の頃、妻子ある男と東京へ逃げ、そこで休眠胞子が生まれた。父親はすぐまたどこかへ消えてしまったというから、ろくでもない男だったのだろう。

親子二人でひっそり京都に帰ってきたのは、七、八年前。雅代さんと歳が近く、子どもの頃から仲の良かった奈津のお母さんだけが、今も時どき連絡を取り合っている。そんなわけで、この東京育ちの息子をよく知る人は親戚にもおらず、奈津もこれまで二回しか顔を合わせたことがないという。

「で、こちらが吉見瞳子さん」奈津がやっとわたしを紹介した。

「初めまして。吉見です」

「——野中です」

相手はそれ以上何も言わない。わたしは大人、わたしは大人、と自分に言い聞かせながら、仕方なく先に頭を下げる。

「この度は、どうもすみませんでした」

「——まあ」野中は目も合わせず、残りのミックスジュースを音を立てて吸い込んだ。

数秒待ってみたが、続きはない。わたしはまたむかむかしてきた。そっちもひと言詫びを述べたいということではなかったのか。そう聞いたから、今日の対面に同意したのだ。まさか、今の「まあ」が、それなのか。結局自分の母親が出所だった写真のことで、人を「いい加減」呼ばわりまでしておいて。

京都へ来たのは、どうしても行ってみたい割烹があると奈津がしつこく言うからだ。さっきその店で食べたお昼のコースは確かに素晴らしかったし、来た甲斐はあったと思う。

つまり、野中の行きつけだというこの喫茶店まで足を延ばしたのは、あくまで京都ランチのついで。彼の顔を一度見ておけばより安心というだけのこと。それなのに、これではまるで、わたしのほうからわざわざ謝罪に来たみたいではないか。

そうか。わたしはしらけた気持ちでお冷やを含んだ。この野中も、あいつと同じだ。謝れない男。「謝ったら死んじゃう病」か何かにかかっているのだ。そっちがその気なら、わたしもこれ以上下手に出る必要はない。

「なんか、すごいご迷惑をおかけしたみたいで」嫌味たらしく強調して言ってやる。

野中はぎょろりとした目をわたしに向けると、短く息をついて口を開いた。

「僕はあの画像を、どこにも公開してないんです。それなのに、あれとそっくり同じデザインのアクセサリーを作った業者がいる」

「え――」

「ペンダントやらブローチやらイヤリングやら、町の工房で作らせた出来の悪いガラス製品をネットストアで売っていた。それを僕が見つけて、どういうことか問いつめたら、デザインはSNSに上がっていた写真から無断で流用したという。〈ガラス細工〉と〈アクセサリー〉で検索をかけたそうです。あなたのSNSでした」

「それは……まあ、申し訳なかったですけど。でもそんなこと……」

「そうそう、瞳子は何も知らんかったわけやし」奈津が声を和ませてフォローしてくれる。

「もしかして充さん、あの作品をこれから売りに出すつもりやったとか?」

「売り物なんかじゃありませんよ」

「じゃあ、実害はないわけですね」つい言ってしまった。

「実害？」野中が目を剝く。「そういう問題じゃない。そもそも、あなたが〈ガラス細工〉などといい加減なことを書かなければ、こんなことにならなかった」

　また「いい加減」と言われて、こちらもかっとなる。

「それを言うなら、発端はおたくのお母さんじゃないですか。知らん間にこっちまで回ってきた、よくわからん写真のことで一方的に責められて、とんだとばっちりやと思いますけど」

「そう、そこはあたしも悪いし」

　奈津が両手を合わせるが、野中は一瞥もくれない。

「よくわからないままネットに上げるのが非常識だと言ってるんです。だいたい、何をどう見たら、あれがガラス細工に見えるんだ。理解できん」

「はあ？」

　高くした声を、呑み込んだ。マスターが飲み物を運んできたのだ。カップが並べられるのを見ながら、今しかないとばかりに奈津が話の流れを変える。

「あの作品、生き物でできてるって、ほんまですか？　母に訊いたら、何かそんなことを。それ以上は難しくて覚えてへんって言うんですけど」

　そのことはわたしも奈津から聞いたが、まるでピンとこなかった。

「生物です。と同時に——」野中はテーブルの上に手を伸ばし、空の灰皿に入ったマッチ箱を指でちょんと突く。「これでもある」

　表の看板と同じ書体で店名が印刷されている。奈津がそれを口にした。

「〈玻璃〉……って何ですか？」

「ガラス、いう意味ですわ」マスターが言った。伝票を置き、壁のステンドグラスに向けてあごをしゃくる。「うちは、これが自慢やさかいに」

マスターがテーブルを離れるのを待って、野中は言った。

「あの作品は、珪藻を並べて作ったものなんです」

「ケイソウ？」奈津が聞き返す。

「水の中にいる微生物。植物プランクトンの一種ですよ。珪藻土は知っているでしょう」

「え、あれがそうなんですか？　うちにもコースターありますけど」

「珪藻土は、珪藻の殻が堆積してできたものです」

「へえ、そうなんや」

「珪藻の珪は、ケイ素のこと。ケイ酸塩はガラスの主成分です。つまりこの生物は、ガラスの殻をまとっている」

「生き物やのに、ガラス」奈津は小首をかしげた。「正反対の物みたいな気がしますけど」

野中は口の端を歪める。「固体の無機物質を体の一部として作り出す生物は、別に珍しくない。僕らの骨だって、リン酸カルシウムですよ」

「へえ」奈津は大げさに目を丸くした。「詳しいんですねえ。大学、そっち方面でしたっけ？」

「まあ、そうです。大学と大学院」

「すごーい。なんか賢そう」

わたしは黙ってコーヒーをすすっていたが、おだてられてまんざらでもなさそうな野中を見ていると、さっき呑み込んだ怒りが逆流してきた。

「結局」カップを置いて言う。「ガラスには変わりないわけやないですか。人間が作ったか、その生き物が作ったかの違いだけで」

わたしをにらみつけた野中が、その目を横にそらす。

「話にならないな。レベルが低すぎる」

「はあ？　なんでそんなこと言われなあかんの」

「無知なのはまだいい。だがそれを認めることができないのは、無知を通り越して愚かだ」

「信じられへん。ほんまに失礼」

奈津が「まあまあ」となだめにかかってくるが、構わずまくしたてる。

「珪藻か何か知らんけど、そんな気色悪いもんより、ガラス板のアクセサリーのほうがよっぽどええわ」

「気色悪い？　なぜそんなことが言える？　その目で確かめたこともないくせに」

「なら確かめさせてくださいよ。そこまで言うなら」わたしは指でテーブルを叩いた。

「うちまで来るならいつでも見せますよ。来ますか？」

「いいですよ」

「え、今から？」驚いた奈津が、わたしの耳もとでささやく。「あたし、そろそろ帰らんと。大事な月組さまの……」

「ああ、そっか。四時半に梅田やったっけ」

奈津は熱心なヅカファンで、梅田芸術劇場の週末公演のチケットがやっと取れたと大喜びしていた。

「構いませんよ、僕は」野中が帰り支度を始めながら言った。「あなた一人でも」

歩いて行けるのかと思っていたら、出町柳から電車に乗せられた。叡山電鉄。洛北にのびるローカル線だ。

つり革につかまって車窓から京都の街並みを眺めているうちに、だんだん頭が冷えていく。わたしも、並んで立っている野中も、むっつり黙り込んだままだ。

わたしは静かに息をついた。いったい、何をしているのだろう。今日初めて会った、こんな偏屈なオタク男と、なんで叡電なんかに乗っているのだ。

時おりに窓に映る野中の姿と、自分を見比べる。座っていたときの印象よりも、背は高い。瑛司と同じぐらいあるだろう。彼はもちろん、もっとがっちりしていたが。

この電車には、瑛司とも乗ったことがある。この先の宝ケ池で分岐する路線で貴船口まで行き、貴船神社にお参りしたのだ。二人で出かけたのは、確かそれが三回目だったと思う。そこは縁結びの神様として有名なのだが、瑛司に「今さら何をお願いするん？」と笑いながら言われたのが妙に嬉しかったことを、よく覚えている。

最近、貴船神社は復縁にもご利益があると聞いた。そのときは思わず、すぐにでも行こうとスケジュール帳で週末の予定を確かめてしまった。結局は思いとどまったものの、あのときの自分を思い出すと、今も惨めな気分になる。自分の性根の卑しさにぞっとする。もう忘れたと思っていても、目に見えないほどのおき火がまだどこかに残っていて、風が吹くたびにぽっと小さな炎を上げてしまうのだ。

瑛司は来月、式を挙げるらしい。その事実が、火種を完全に踏み消してくれるだろうか。わたしの湿った想い残しを、さらさらの灰にしてくれるだろうか――。

十五分ほど電車に揺られ、終点の八瀬比叡山口で降りた。京都市街の北東のはずれで、比叡山へ上がるケーブルカーもここから出ている。

ここまで来ると、かなり緑が深い。瑠璃光院など名所も多いので、駅前にはカメラをぶら下げた観光客が大勢いた。

「ここから十分ぐらいです」歩き出しながら野中が言った。

「いきなりうかがって、お母さんにご迷惑ではないですか」奈津が電話を一本入れてくれているはずだが、さすがに心配になってくる。

「大丈夫ですよ。むしろ、滅多にない来客に喜んで、あなたを煩わせるかもしれない」

「はあ。それは別に……」

谷に沿って続く国道に出た。川を右手に見下ろしながら、上流のほうへと進む。

「珪藻は、この高野川にもいます」野中が言った。「海でも川でも池でも、どこにでもいるんですよ。何万という種があって形態もいろいろですが、典型的には円盤状か、楕円を引きのばしたようなもの。そういう形の弁当箱を想像するとわかりやすい。ほぼ同じサイズのガラスの殻が二つ、容器とふたのようにぴったり合わさっていて、中に細胞が入っている。珪藻は光合成をするので、ガラスの体というのはよく光を通して都合がいいわけです。顕微鏡で光を当てたときも、とても美しく見える」

「え、顕微鏡で見るんですか」

「当たり前です。微生物だと言ったでしょう。そういえば——」野中がこちらに首を回した。

「あなた今、化粧してますか」

「化粧？　もちろんしてますけど。なんでですか」

「花粉症は？」

「大丈夫ですけど。何なんですか、いったい」

「着いたら説明します。珪藻を観察してもらうのに、必要な情報なんです」

わたしが首をかしげていると、野中は「それにしても――」と続けた。

「なぜ女性は、きれいに見せる必要がないときでも、化粧をするんですか。例えば、今日のようなときでも」

「それは……そういうもんだからですよ」あしらうように答える。

「みんなそうだからですか。みんながしているから化粧をして、みんなが着ているから流行りの服を着て、みんなが言っているから調子を合わせる。周りと同じであること、〝普通〟であることが何より大事。女性たちをヒストグラムにしたら、平均値の周辺に大多数が集中した、とがった山型の分布になるでしょうね」

出た。いかにも女性に縁のない男の言いそうなことだ。ばかばかしいと思いつつ、一応話に乗ってみる。

「男性は違うんですか」

「男の分布も山型ですが、その高さは女性よりずっと低い。もっとなだらかで、裾野が広いんです。つまり、男にはいろんなタイプがいて、個性に富んでいる」

「オタクと変わり者が多いですもんね。妙な趣味のある」

嫌味のつもりで言ったのだが、野中は眉一つ動かさずに訊いてくる。

「あなた、ご結婚は?」

「――まだですけど」

「平均的な女性たちは、自分と似たようなレベルの、平均的な男性と結婚しようと考える。それなら当然できるだろうと考える。ですが、平均的な男の数ってのは、平均的な女に比べてずっと少ないんです。そこに不均衡が生じている。だから、自分の周りにはまともな男が一人もいない、などと喚くことになる。僕に言わせれば、前提から間違っているんですよ」

「はあ。ご忠告ありがとうございます」

「ただの現状分析ですよ」

分析。思わず笑いそうになる。妙な理屈をこねているが、要するに、変わり者の自分をもっと〝承認〟してほしいということか。反論しても不毛な議論になるだけだ。わたしは冷めた調子で「参考にします」とだけ言って、口を閉じた。

ただ――。引っかかるところがなかったわけでもない。女の面倒くささの一つがその同調圧力の強さだというのは、たぶん間違っていない。

わたしは十代の頃から、それがとてもストレスだった。不器用で、空気を読むのが苦手というのもあるだろう。中学生になってクラスにカーストが生まれ、男子の目ばかり気にする女子が増え、より高度な〝女子らしさ〟が求められるようになると、それに上手くついていけなくなった。高校で女子校に進んだのは、女だけのほうがかえって楽ではないかと思ったからだ。

そこでわたしが身につけた処世術が、さばさばした女子として振る舞うことだ。女としての〝下手さ〟をごまかしつつ、孤立しないで生きていくためには、それしかなかった。とはいえもちろん、内側までカラッとしているわけではないし、人とは違う確たる自分があるわけでもない。服装やメイクは、なるべく周りと同じようにしていた。

男たちはよく勘違いしているが、ノーメイクで地味な女性は性格もおとなしいだろうというのは、大きな間違いだ。そういう女性に限って、独自の世界や信念を持った強い人間だったりする。

社会人になり、さばけた女を演じるのが上手くなっても、中身はそのままだった。だからこそ、瑛司のような、ある意味わかりやすい男を簡単に好きになってしまったのだろう。

わたしのいる大阪の営業所に、瑛司が神戸の本社から異動してきたのは、四年前のこと。イケメンというほどではなかったけれど、学生時代アメフトをやっていた彼はさわやかでスタイルがよかったし、営業部のホープという触れ込みもあって、女性陣は少なからず色めき立った。ある飲み会の帰り、二人だけになった電車の中で、彼の好物の餃子の話になった。互いにお気に入りの店を挙げ、どちらが美味しいか勝負しようということで、食事の約束をした。それが付き合い始めたきっかけだ。

もちろん職場には秘密にしていた。わたしの部署には、他人の幸せな話が大嫌いな女の先輩や、誰かの彼氏のことを女子トイレでこき下ろすのが趣味のような同僚がいたから、なおさらだった。

一年が幸せに過ぎた。不満があったとすれば、瑛司が絶対に謝らないということだ。けんかをしても、最終的にはいつもわたしが折れた。彼はよく、甘えたな女は嫌い、しっかりした人が好き、と言っていた。要するにそれは、自分が甘えたいということ。わたしのほうが一つ歳上だから、甘えてもいい、謝ったりしなくていいと思っているのだろう。そんなふうに当時は自分を納得させていた。

二人の間に結婚の話がぽつぽつ出始めた頃、職場ではある問題が起きていた。入社二年目の田村美優（みゆ）に対する、部署の女たちからの嫌がらせ。陰口や無視は序の口で、事実と違うことを言いふらしたり、彼女がミスを犯すよう小細工を仕掛けたりと、陰湿な行為がだんだんエスカレートしていた。

田村美優は、可愛らしいタヌキ顔の、甘ったるいしゃべり方をする女だった。あざとさを全開にして男性社員に愛嬌を振りまいていたのだから、いずれそういう目に遭うのは本人もよくわかっていたはずだ。

いじめなどにはそう簡単に屈しないだろうと思っていただけに、彼女がわたしに相談してきたときは、驚いた。ただ、この件を一歩引いて見ていたのはわたしだけだったので、「吉見さんしか聞いてもらえる人がいないんです」という彼女の言葉は、確かにその通りだろうと思った。そのときは。

わたしは、さばけた先輩として、彼女の相談相手になるしかなかった。そのことを瑛司に話すと、「力になってあげたほうがええよ」と彼も言った。一度だけだが、付き合っていることは隠したまま、瑛司もまじえて三人で居酒屋に行ったこともある。

彼女が望まなかったので、解決に向けてわたしから積極的に動くということはなかった。ただ、女性陣から〈タムラ以外〉という名前のライングループに誘われたときは、断った。すると、ただそれだけのことで、わたしと同僚たちとの関係もぎくしゃくし始めた。人づてに聞いた話では、グループ名は結局、〈タムラとヨシミ以外〉になったらしい。

結末は、思いもよらないものだった。彼女が突然会社を辞めたのだ。そしてその二週間後、春の人事で神戸本社に戻ることになった瑛司に呼び出された。「好きな人ができた。別れてほしい」と、彼は目を伏せて繰り返した。好きな人というのは、田村美優だった。

今思えば、彼女は初めからそのつもりで、わたしに近づいたのかもしれない。あざといを通り越して、恐るべき女だ。甘えたは嫌いと言っていた瑛司でさえ、簡単に転がされてしまった。

彼女を憎んだのは当然として、わたしは瑛司にも、謝ってほしかった。そのときだけは、絶対に謝ってほしかった。ぼろぼろ泣きながらそう訴えると、彼は小さく「ごめん」と言った。力が抜けた。わたしから離れるためなら、謝れるのだ——。

瑛司を失って抜け殻のようになっているうちに、田村美優をいじめて退職に追い込んだのはわたしだということになっていた。上司に事情を訊かれ、わたしは会社を辞めるつもりで本当のことを言った。上司がどちらを信じたのかはわからないが、そのあとすぐ別のフロアにある今の部署に異動させられた。そこは年配の社員が多く、みんな良くも悪くも他人に無関心だった。おかげで、あれから二年たった今も、辞めずに踏みとどまっている。

「——ここですよ」

野中の声で我に返った。いつの間にか、細い坂道を上っている。前にいる野中が、のび放題の垣根の間の錆びた門扉を押した。奥にあるのは、漆喰(しっくい)の平屋だ。

「古いでしょう。亡くなった祖父がずっと人に貸していた家でね。そこが空いたので、次の借り手がつくまでという約束で、住まわせてもらってるんです」

野中が玄関の引き戸を開けると、中からいい香りが漂ってきた。

何かを煮る匂いに、かすかな甘い香りが溶け込んでいる。何とはわからないが、どこか懐かしい、心が安らぐような匂いだ。

すぐに廊下のきしむ音がして、母親が現れた。

「まあまあ、いらっしゃい」目を細めて言う。

「吉見です。突然すみません」わたしはきちんと頭を下げた。

「ええ、ええ。奈っちゃんから聞いてます。汚いとこですけど、上がって」

まず通されたのは、縁側に面した和室だった。畳はささくれているが、座布団は真新しい。来客用のものを出しておいてくれたのだろう。お茶を運んできた雅代さんに、息子が言う。

「あとは僕がやるから、横になってろよ」

「大丈夫。今日はだいぶええねん」

病気のせいだろうが、ひどく痩せていた。血色も悪く、まぶただけが紫色に腫れている。わたしの母と同世代にはとても見えない。ただ、表情は明るかった。

「吉見さん、あんこ好き?」

「はい。甘いもんの中で、一番好きです」それは本当だった。

「よかった。久しぶりにぜんざいでも作ろうか思て、ちょうど朝からあんこ炊いてたさかい」

「ああ――このいい匂い、小豆やったんですね」

雅代さんが台所のほうへ消えると、野中が言った。

「ちょっとここで待っていてもらえますか。顕微鏡の準備をしてきます」

野中と入れ替わりに、雅代さんが戻ってきた。ぜんざいを作っている途中らしく、エプロンで手を拭きながら、わたしの向かいで膝を折る。それも病気のせいなのか、手が全体的に腫れ上がり、ひどく荒れていた。

「ほんまに嬉しいわあ。こんな若うてきれいなお客さん、初めてやから」

「どっちから否定しましょ」苦笑いを浮かべて言う。「もう三十なんですよ」

「充と仲良うしてやってね。あの子、こっちには親しい人もおれへんさかい。いや、東京にもおれへんかったみたいやけど」

可笑しそうに口に手をやった雅代さんは、それからしばらくの間、かすれがちな声で一人息子の話をし続けた。

　子どもの頃から水辺の生き物が好きで、アパートの狭い部屋はいつも水槽だらけだったこと。雅代さんが近所の診療所で古い顕微鏡をもらってくると大喜びして、以来わずかなお小遣いやアルバイト代で顕微鏡やカメラの部品をこつこつ買い揃えたこと。経済的に余裕があれば、本当は大学に残って研究者になりたかったのだろうということ。卒業後は塾や専門学校の講師をしていたが、雅代さんの病気がわかってからは在宅で技術翻訳の仕事をしていること。

　苦労話めいたものはまったく口にしなかったが、母子二人で精いっぱい互いを思いやりながら生きてきたのであろうことが、言葉の端々に感じられた。

「――うちが体悪したとき、『京都に帰ろう』って、あの子から言うてくれたんです。うちがずっと心に思てたこと、わかっとったんやね。普段は何考えてるんか親でもようわからん子やのに、ときどき、ぽろっとそういうこと言うんです。母親思いの優しい子やと、うちは思うんやけどねえ。まあ、今風かと言われたら、ちょっとアレやけど」

　雅代さんはそう言うと、また口に手を当てて笑った。彼女なりの息子の自慢か宣伝なのだろうと思ったが、嫌な気持ちにはまったくならなかった。

　ほどなく野中が呼びにきた。和室を出て玄関のほうに戻ると、そこを通り過ぎて反対側の突き当たりまで行く。その先は洋間らしく、木目の化粧板が貼られたドアがついていた。野中はノブに手をかけたまま、わたしの全身に目を走らせる。

「ジャケットはそのままでいいですか？　中に入ったら、脱ぎ着しないでください。袖をまくったりも。ほこりが立つと困るんです。くしゃみや咳も、我慢してください」

「はあ。なんか、実験室みたいですね」

野中に続いて部屋に入る。中は薄暗く、冷んやりとしていた。カーテンは閉め切られ、奥の作業台と机の上で一つずつ電気スタンドが点っているだけだ。

作業台の上に見えるのは、道具入れのような箱やガラス製の実験器具、化学薬品と思しきボトル。その横の机には、顕微鏡が二台置かれていた。次に目を引いたのは壁の棚だ。透明のプラスチックケースや金属製の容器が大量にずらりと並んでいる。

野中はそこから金属の容器を一つ取り、ふたを開けた。わたしも横からのぞき込む。黒いゴムの台の上に、一辺が一、二センチの薄いガラス板が七、八枚並べてあった。すべてのガラス板の上に、白い粉のようなものが薄く広がっている。

「この白っぽいのが、全部珪藻です」

「え！　こんな小さいんですか!?」

「もう少し声を抑えて。息で簡単に飛んでいく」野中は唇に指を当て、静かに続ける。「珪藻の多くは、大きさ〇・一ミリもない。これは、その殻だけを集めたものなんです。海や川で採ってきたら、薬品で洗ってガラスの殻だけにする。それを顕微鏡で見ながら、壊れていないものを探し、先の細い道具で一つずつ拾い上げ、こうして種類ごとに選り分けていく」

「――信じられへん。あたし、絶対無理です」

「信じられないのは、殻の精巧さですよ」野中が顕微鏡の前へ行く。二台のうち、背の高いほうだ。「もうセットしてありますから、このままのぞいてみてください」

うながされるまま、わたしは丸椅子に腰掛けた。顕微鏡をのぞくなんて、たぶん中学生のとき以来だ。レンズに顔を近づけようとしたとき、「ストップ」と野中が言った。

「まつげが付いてます」自分の右目を示している。「下まぶたのところ」

そこをつまんでみると確かに、抜けたまつげが一本へばりついていた。野中がシャーレのようなものを差し出してくる。そこに捨てろということらしい。「どうも」と小さく言って、マスカラのついた長いまつげを中に落とす。そこでふと思い出した。

「さっき、化粧がどうのって言うてましたけど、いいんですか。あたし、顔塗ってますけど」

「それがわかっていれば大丈夫です。あなたの顔が触れたところは、あとで拭いておきますから。以前、うちの母にサンプルを汚染させられたことがあるんですよ。僕がいない間に、ファンデーションのついた手で部屋の中をあちこち触ったようでね」

「ああ、なるほど」

わたしはあらためて顕微鏡に向き直り、レンズをのぞき込んだ。

「すごい……」思わず声が漏れる。「こんなにいろいろ——」

黒を背景に、ランダムにちりばめられた数十個の大小さまざまなガラスが、きらきら輝いていた。多くは無色透明だが、顕微鏡のライトを虹色に反射しているものも混じっている。

円形、三角形、正方形、星形、棒状、楕円形、柿の種の形、落花生の殻の形、角のとれた細長いひし形、それがゆるく曲がったS字形——。

その幾何学的な輪郭はどれも、デザイナーが定規やパソコンで描いたかのように完璧だ。これが自然の産物だということが、もはや不自然に感じられる。何も知らない人が見たら、生き物の体だとはまず思わないだろう。

「どの殻にも、細かい模様が入っているのがわかりますか」

「ええ、わかります」

それは、例の青い花を模した作品の写真を見たときにも気づいていた。円形の殻には放射状の、その他のものには、筋や点の繊細な模様が透けて見えている。

「拡大してみましょう」

場所を譲ると、野中は下側のレンズを換えてピントなどを調整し、またわたしにのぞかせる。

「何これ、すごい細かい」

視野全体に一つの細長い珪藻が映っている。中心に一本筋が通っていて、その両側に等間隔に開いた精細な網の目がはっきり見て取れた。ただの柄ではない。筋も網目も、ガラスの殻に彫り刻まれているのだ。この立体感は、確かに写真では伝わらない。

「メガネケイソウです。網目の間隔は、おそよ二千分の一ミリ。昔は、この珪藻の網目構造が見えるかどうかで、顕微鏡のレンズの性能をテストしていたそうでね。だから『メガネ』という名がついたとも言われている。珪藻は、こういうスリットや穴を通じて、水中の養分を吸収しているんです」

「へえ、ちゃんと意味があるんですね」

野中は作業台の木製ケースを大事そうに引き寄せると、留め金をはずしながら言う。

「珪藻の観察を楽しむ顕微鏡マニアは大昔からいるんですが、その中の一部の連中が、珪藻を並べてデザインや絵にするということをやり始めた。それが、『珪藻アート』です」

「ああ、例の写真も——」

野中はうなずいて木製ケースのふたを開けた。中には長さ十センチ足らずのガラス板が何十枚も差し込まれている。

「あ、それ学校で使ったことあります。何ていうんでしたっけ？」

「プレパラート。並べた珪藻を、透明な樹脂で封入してある」言いながら、ピンセットで一枚つまみ上げる。「これが、あの作品です」

顔を寄せ、目を凝らした。ガラス板の中心に、うっすら白い点が見える。直径は一ミリもない。それが花の形をなしているとは、とても信じられなかった。

野中はもう一台の顕微鏡にそのプレパラートをセットして、わたしにのぞかせた。形は確かにあの花だったが、青ではなく、エメラルド色に輝いている。野中によると、ライトを当てる角度によって、様々に色が変わって見えるらしい。

彼はプレパラートを次々差し替えながら、自信作らしき作品を見せてくれた。木の枝と葉っぱ。六角形の雪の結晶。羽を広げて飛ぶ鳥。三日月と星々――。

「――こんな細かいの、どうやって並べるんですか」

「ひと言で言うと、全精力を傾けて、ですよ。顕微鏡をのぞきながら、形も大きさもちょうどいいガラスを先の細い道具で一つずつ拾ってきて、しかるべき位置にしかるべき向きで配置する。愚直に、あきらめずに、ひたすらコツコツやるしかない。こんなものを作っているのは、世界でも数人しかいないんです。技法は各人が独自に編み出したもので、他人に教えたりはしない。道具も各自いろいろ工夫を重ねて作る。僕もいまだに、試行錯誤の連続ですよ」

圧巻だったのは、何百個という多種多様な珪藻を、大きな円の中にびっしり敷きつめただけの作品だ。いい加減にばらまいたのではない。サイズの大きなものを真ん中に、小さなものをふちのほうに配置してある。

しかも、そのすべてが透明感を保ったまま、色とりどりの光を放っているのだ。多いのは青系だが、水色から群青色、青緑、黄緑と、それぞれ色味が違う。オレンジ色や黄色、赤、白に輝くものも含まれている。

ステンドグラスや、モザイクのタイルや、万華鏡や、ましてや色ガラスのアクセサリーとはまるで比べ物にならない。まさに息をのむような、精緻な美しさがそこにはあった。

「――ほんまにきれい」ため息まじりに言った。「これだけ並べるのに、どれぐらい時間かかるんですか」

「これは、三カ月ぐらいでしたかね」

三カ月――。そんな労力をかけて組み上げたものを、わたしは気楽に、ガラス細工だのアクセサリーだのと言ってしまったのだ。野中が腹を立てるのも無理はない。

やはりあらためて謝ろうかと思っていると、彼が小さくかぶりを振った。

「でも、すごいのは僕じゃない。自然ですよ。こんなに小さくて、こんなに精巧なガラスの器を作り出した、自然。人間には絶対に生み出せない玻璃の芸術品を、僕はただ拾い集めているだけ。自分の作品に借りているだけです」

「いや、それでも――」

「珪藻は、食物連鎖の大もとです。生態系の中で極めて重要なのは確かですが、所詮は単細胞生物ですよ。光合成をして、細胞分裂をして、遺伝子を残すだけの。それなのに、自然からこんな美しい殻を与えてもらった。中身に不釣り合いなほどのね。でもそれが不思議で、面白くて――」野中は急に照れたように顔をそむけ、付け加えた。「愛しいんですよ。僕にはね」

野中と部屋を出て、玄関から台所のほうをうかがう。

「そろそろ失礼します」と声をかけると、「あ、ちょっとだけ待って」と中で雅代さんが言った。ぜんざいでも、と言われるのかと思っていたら、違った。一分もしないうちに出てきた彼女は、風呂敷で包んだ重箱を抱えている。

「間に合うてよかったわあ。これ、おはぎ」

「え、今作っていただいてたんですか？」さすがに恐縮した。「そんな……いいんですか？」

「おうちで皆さんで食べて。もち米つけとく時間がちょっと短かったから、美味しいかどうかわからへんけど。あんこはまあまあ、上手にできたと思うわ」

きれいに包んでもらったものを無下にはできず、ありがたく頂戴することにした。よくお礼を言ってから、駅まで送ってくれるという野中と一緒にお宅をあとにする。

外はもうすっかり暗くなっていた。坂を下り、高野川沿いの道まで出たところで、彼が言う。

「すみませんでした。母の話相手もしていただいて」

母親のことでなら、謝れるらしい。わたしは小さく「いえ」とだけ言った。

「例の写真の、花の形の作品。実はあれ、母のために作ったものなんです。五月の『母の日』に、いろんな花の作品を作って、毎年贈ってるんです。本物の花とかプレゼントより、あれがいいって言うもんですから」

「ああ……そうやったんですか――」今度は心からの言葉が出る。「ごめんなさい。そんな大事なもの、勝手にネットに上げたりして」

「いや、もういいですよ」

「母の日、あと二カ月ですね。今年はどういうの作るんですか」

「今年は――」野中は両手をポケットに差し込んだ。「無理かもしれません」

「え？　なんでですか？」

「今はもう、作ってないんです。何も」

野中はそこで口を閉ざし、わたしが訊いても理由を明かそうとはしなかった。

＊

三日が経った夜、お風呂から上がって自分の部屋でくつろいでいると、やっと奈津から電話があった。おはぎのお礼を言うために、雅代さんの電話番号を訊ねていたのだ。

伝言やメールではなく、どうしても自分の口で直接感想を言いたいと思うほど、おはぎは美味しかった。とくに、あんこ。口に入れると、優しい甘さの中に、小豆の風味と旨味がふんわり広がって、本当に驚いた。その晩一緒に食べた母などは、「こんなん食べてしもたら、もうお店で買われへんやん」などとぶつくさ言いながら、一気に三つもたいらげたほどだ。

「――いや、電話番号教えていいか、一応向こうにも訊いとこうと思ってな」残業を終えた帰り道だという奈津は言った。「でも、全然連絡がつかへんかって」

「ああ、そうなんや」

「で、ついさっき充さんから電話があってんけど――雅代さん、また入院してんて」

「え？　なんで？　だって三日前は、調子いいって。おはぎまで作ってくれはったのに」

「ちょうど昨日が、二週間に一度の診察の日やってんて。そこで検査したら、肺の状態がかなり悪かったらしくて」

「肺？　膠原病なんやろ？」

「合併症の間質性肺炎？　やって。それもだいぶ前から患ってたみたい。その肺炎って、だんだん進行しながら、突然急激に悪化することがあるねんて。前にもそんなことがあって、一時は危なかったらしいねんけど」

「……そうなんや」

「うちのお母さんが言うてたけど、雅代さんて、ほっといたらなんぼでも無理する人みたいやねん。東京におったときは、朝から晩まで働きづめで。そらそうやんな、女手一つで息子を大学院までやってんもん。充さん、優秀やったから、学費免除とか奨学金はあったらしいけど」

「――そう」雅代さん本人から聞いた、東京のアパートでの暮らしのことを思い出していた。

「それで雅代さん、仕事休まれへんからって、具合悪いのに何年も病院行かへんかってんて。見かねた充さんが無理やり引っ張っていったら、お医者さんに『なんでこんなになるまで放っておいたんですか！』って、えらい怒られたらしいわ」

そのときにはもう、膠原病もかなり悪化していたということか。

「入院、長くなるんかな」

「どうやろ。充さんも、今回は肺と聞いてさすがに心配そうやったけど」

「お礼、いつ言えるやろ。重箱と風呂敷も、お返しせんと――」

けれど結局、雅代さんと言葉を交わす機会はもう訪れなかった。彼女が入院先で亡くなったと奈津から連絡があったのは、その三週間後。四月五日のことだった。

＊

川に突き出た岩のそばにしゃがんで、側面にへばりついた茶色い藻を歯ブラシでこそげ取る。

足もとを見ずに一歩横にずれると、パンツの裾をまくった右足がくるぶしまで水につかった。思わず悲鳴を上げそうになるほど、水はまだ冷たい。慌てて足を引っ込める。

いくらか採れたら、プラスチックのコップにためた水の中で歯ブラシをゆすぎ、毛先についた藻を落とす。その中に珪藻が含まれているというのだが、ガラスのようなものはもちろん目には見えない。そしてまた、岩にとりついて表面をこする。ひたすらその繰り返しだ。

汗が一滴、あごをつたって落ちた。明日から六月なのだから無理もない。歯ブラシを置き、ポケットからハンカチを出した。顔の汗を押さえながら、野中さんの姿をさがす。

彼は、幅十五メートルほどの川の対岸にいた。ここより少し上流だ。今日の高野川はせせらぎ程度の流れなので、どこでも歩いて渡れるだろう。水際にかがみ込み、茶色い石を手に取って歯ブラシを動かしている。

それにしても、まさかこうなるとは思っていなかった。今日は、重箱と風呂敷を返しにきたはずなのだ。少し落ち着いてからのほうがいいと思って四十九日が過ぎるのを待ち、〈どうやってお返ししましょうか〉と野中さんにメールで相談した。すると、〈お見せしたいものがあるので、もしよかったらご都合のよい日にまた来てくれませんか〉という返事がきた。

断る理由がなかった。というより、宅配便で送りつけるよりは、持参したほうがいいだろうとずっと思っていた。もちろん、わたしに何を見せたいのか気になったというのもある。

これが弔問であればもっと気を張ったかもしれないが、わたしはお葬式に参列していた。親戚でもない、一度しか会わなかった女性の葬儀。普通なら行かないだろう。

だが、奇妙な知り合い方をしてすぐの訃報だったこと、そして、あのおはぎの味が、心を揺さぶった。荒れて腫れ上がった雅代さんの手で丁寧に作られた、あんこの香りと優しい甘さが。

最後に背中をひと押ししてくれたのは、奈津の「さびしいお葬式になりそうやから、来てあげたら雅代さんも喜ぶと思うけど」という言葉だった。

葬儀は左京区の小さなお寺でいとなまれた。参列者は奈津の言うとおり、親族を中心に十人ほど。野中さんは唇をきゅっと結んだまま、こちらが驚くほど淡々と喪主をつとめていた。わたしは末席に奈津と並んで座っていただけだが、最後にお棺に別れ花を入れさせてもらった。

印象的だったのは、そのときの野中さんだ。彼はお棺のそばに立ち、生花に埋もれていく母親をじっと見つめていた。するとふとした拍子に崩れた一輪の百合が、雅代さんの頰を隠した。野中さんは棺の中に手を伸ばし、百合をそっとつまんでどかした。そして、雅代さんの頰にそっと触れた。その指が、ずっと小刻みに震えていたのだ――。

今日は二カ月半ぶりに叡電に揺られ、またここまでやってきた。遺影の前でお線香をあげ、重箱と風呂敷を返すと、「外で話しませんか」と野中さんが言った。近所にいいカフェでもあるのかと思ったら、行き先はすぐそこの高野川。川沿いを散歩しているうちに、珪藻がどこにいるかという話になり、実際に採って見せてくれることになった。

彼がやるのをそばで見ながら藻に触ったりしているうちに、わたしも採ってみたくなってきた。それを察した野中さんが、「やってみますか」と歯ブラシを寄越してきたので、靴を脱いで裸足になり、こうして岩をこすり始めたというわけだ。

またしばらく作業を続けていると、不意に後ろに人の気配を感じた。夢中になっていて気づかなかったが、いつの間にか野中さんが戻ってきている。

「たくさん採れましたね」川原に並べた三本のペットボトルを見て彼が言う。中に詰めてあるのは、たっぷりの藻で茶色く濁った液体だ。「休みましょうか。そこの自販機で飲み物買ってきます」

彼が買ってきてくれた水を手に、木陰に並んで腰を下ろした。

「ああ、日陰に入ると気持ちいいですね」川の向こうにせまる山裾の緑がまぶしい。

「ええ」野中さんは麦茶をごくりと飲み込み、流れを見つめたまま言う。「それにしても、意外でした。あなたが珪藻採りみたいなことを、こんな熱心に」

「見かけによらずってことですか。でも、わかったでしょ？」

「何がですか」ぎょろりとした目を向けてくる。

「似たような服着て、似たような髪色と化粧をしてたとしても、女だって中身はいろいろってことですよ。女がみんな〝普通〟やなんてことは、いい意味でも悪い意味でも、幻想です」

「――なるほど」彼は口の端をわずかに持ち上げた。

「わたしに見せたいものって、この珪藻採りのことやったんですか」

「いや、それは……またあとで」野中さんは珍しく口ごもると、急にこちらを向いて頭を下げた。「どうもありがとうございました。母にはがきをいただいて。喜んでました」

「読んでいただけたんですね。よかった」

それは、雅代さんが入院したと聞いてしたためた、おはぎのお礼とお見舞いのはがきだった。

「入院して一週間で人工呼吸器が必要なほどになってしまったんですが、奈津さんにはがきを届けてもらったときは、まだ何とか会話もできる状態で。何度も読み返してました」

「――そうですか」

「ポイントは、小豆を煮るときに渋抜きをしすぎないことだそうです」

「え？」

「あなたがはがきに〈驚きました〉と書いてくれていた、あんこの風味。渋みが抜け切らないぎりぎりのところを見極める。すると、小豆本来の香りと味が残るんだそうです」

「ああ……」辛そうながらも、ベッドの中で目を細めて説明する雅代さんの顔が浮かぶ。「そうなんですね」

「それから——」彼は目を伏せた。「今年の母の日の花も、完成させることができました。あなたのおかげで」

「わたしのおかげ？」

「どうもすみません」また頭を下げた。「断りもせず、まつげを使わせてもらいました」

「まつげ？　あたしの？　あ——」記憶が甦る。「もしかして、顕微鏡のぞかせてもらったときの、抜けた毛？」

だとしても、話は見えてこない。野中さんはうつむいたままうなずいた。

「珪藻のガラスをデザインどおりに並べていくとき、道具にまつげを使うんです。太さ〇・五ミリのステンレス線の先に、まつげを接着したものを。まつげの細さと弾力が、あの極小の殻を扱うのに最適で」

「あれを、そんなことに——」

「気持ち悪いですよね。女性のまつげを勝手に。それはさすがに僕でもわかるのですが——女の人のまつげが手に入る機会なんて僕にはないので、つい……」

「気持ち悪いというか……あんなもんが役に立つなんて、びっくりです」嫌悪感を抱いていない自分のことも、同じぐらい不思議だった。

野中さんは少し安心したように顔を上げた。

「これまではずっと、自分や母親のまつげを使っていたんですが、それではもうだめで」

「だめって？」

「実は僕も去年、甲状腺にちょっとした異常があると言われてしまいましてね。バセドウ病というんですが、代謝が活発になりすぎて、疲れやすくなったり、痩せてしまったり、こんなふうに眼球が突き出てきたり」彼は自分の目を指差した。

「――そうやったんですか」

「バセドウ病も母の膠原病も、自己免疫疾患です。そういう家系なのかもしれません。僕の病気は、治療さえしていれば、命に関わるようなものじゃない。薬でだんだん良くなりますし、効かなければ手術という手もある。実際、薬のおかげで症状は出なくなってきたんですが、しつこく残って困っているのが――指の震え」

　野中さんは両手を閉じたり開いたりしながら、続けた。

「普段はいいんです。でも、感情的になったり、緊張したり、手が疲れてきたりすると、震え出す。もしかしたら精神的なものも作用しているのかもしれませんが」

　感情的――。わたしはお葬式のときのことをまた思い出していた。雅代さんの頬を優しく撫でた、彼の震える指を。

「指が震えていては、殻に触れることさえできない。今日は震えてないぞと思っても、いざ顕微鏡に向かって作業を始めると、だめなんです。難しい箇所にぶつかって何度もやり直しているうちに、震え出す。これではとても無理だと、製作をあきらめました」

　そういうことだったのか。だからあのとき、今はもう作っていない、と――。

「そんなとき、あなたのまつげと出会った」野中さんは真顔で言った。「何よりもまず、すごく長いですよね」

「まあ、時どき言われますけど」

「シャーレの中のまつげを見て、触って確かめて、もしかしたらと思いました。根もとはしっかりしているのに、先は細くしなやかで、適度にコシがある。マスカラがべっとりだったので、すぐに溶剤で落として、ステンレス線に取り付けて使ってみました。案の定、これまでに作った中で最高の道具になりました。狙った殻がすっと拾えて、思った位置にぴたっと決まる。指が震え出す前に。

僕は早速、母の日のための作品を作り始めました。完成までに母が退院してくれると信じて。すると、もっと驚くようなことが起きた。いくら手を酷使しても、難しい箇所が続いても、まったく指が震えなくなったんです。製作はうまくいっていたのに……結局、母のほうが待っていてくれなかったわけですが」


野中さんはそこで束の間口を結んだ。わたしも、何も言えなかった。

「それでも、今月十日の母の日を前に、無事最後まで組み上げることができました。遺影の前に供えてやることができました。あなたのおかげです」

「あたしのまつげの、ですよね」わたしは笑ってみせた。「何にせよ、お役に立てたなら、ほんまによかったです」

「見せたいものというのは、それです。今年はカーネーションなんですよ。あとでうちに寄って、見てくれませんか。休眠からの復活後第一作なので、出来はまあまあというところですが」

「休眠……なんかその単語、どっかで聞きましたよ。あ――」わたしは手を打った。「わかった！　休眠胞子。野中さん、そう名乗ってましたよね？　最初あたしにからんできたとき」

「ああ、そんなこともありましたかね」

「遠い昔のことにせんといてください。あれ、どういう意味なんですか」

「珪藻の中に、そういう形態をとるタイプのものがあるんですよ。環境に栄養などが足りなくなって、細胞分裂で増えるのが難しくなると、休眠してじっと待つんです」

「冬眠みたいなもんですか」

「まあ、そうです。栄養環境が良くなったら、目覚めてまた増殖を始める」

「へえ、面白い。だったらあのときの野中さん、確かに休眠胞子ですねえ」

言いながら、この人はどこか珪藻に似ていると、ふと思った。身を包む殻は角ばって刺（とげ）まであるが、それは実は薄いガラスでできている。そして、その内側に透けて見えるのは、温かな細胞だ。

「二度と休眠胞子に戻らなくてすむように――」野中さんがちらりとわたしを見て言った。

「また、まつげをもらえませんか」

この人は、わたしのことを好きなのかもしれない。初めてはっきりそう思った。

「――いいですよ」わたしは指の背で軽くまつげを持ち上げて、微笑んだ。「今度は、マスカラ塗らんと来ます」

いつか読んだ本に書いてあった。女というのは、ありのままでは生きていけない生き物だと。そうかもしれない。でも、単細胞の珪藻が美しいガラスをまとっているように、人間もまた多かれ少なかれ、見栄えよく繕った殻と、それに不釣り合いな中身を抱えている。それがむしろ、ありのままの姿ではないのか。

珪藻が愛しいと言ったこの人は、わたしという珪藻のガラスの殻と、そこに透けてしまう脆い中身とを、ありのまま愛してくれるだろうか――。

野中さんと目が合って、急に顔が熱くなる。わたしは勢いをつけて立ち上がった。

「さあ、もうちょっとやりませんか？」彼を見下ろして言う。「さっきの岩、まだ終わってないんです」

「え？　またあそこで採るんですか。少しは場所を変えないと、珪藻の種類が……」

「こう見えて凝り性なんで。完璧に採りきらんと、気持ち悪い」

「いや、岩の掃除じゃないんですから」

「あたし、歯ブラシで水まわりの掃除するの、めっちゃ好きなんです。つい夢中になって。友だちの家のも、汚れてたらやりたくなるぐらい」

「吉見さんて、実は相当の変わり者ですね」

「野中さんに言われたくありませんよ」

歯ブラシを手に、並んでまた川べりに向かう。

丸く削られた河原の石の感触が、素足に心地いい。山裾を下ってきた風が、やわらかく谷間(たにあい)を吹き抜けていく。傾き始めた日を受けて、川面がきらきら輝いていた。

水際まで来ると、野中さんより先に、躊躇(ちゅうちょ)なく冷たい流れに足を踏み入れる。

そのまばゆいきらめきの中に、珪藻の玻璃の光が拾えるような気がして、透き通った水をのぞき込んだ。

十万年の西風

それはやはり、凧(たこ)だった。

さっき車の中から海辺のほうに見えた、青空に浮かぶ白い物体だ。やや縦に長い六角形で、かなり大きいことが遠目にもわかる。

砂浜で競技用か何かの派手なカイトを飛ばしている人なら見たことがあるが、昔ながらの形の凧を目にするのは珍しい気がした。

辰朗(たつろう)は、車を停めた海岸の駐車場を離れ、凧が揚がっている浜のほうへ歩き出した。興味がわいたというほどのことではない。急ぐ旅でもないし、寄り道のついでだ。目的地を目の前にしながらそこへすんなり踏み込めずにいる自分への言い訳にも、ちょうどよかった。

コンクリートのなだらかなスロープをくだり、突堤の付け根を行き過ぎる。先端のほうで釣り人が一人竿(さお)を振っていた。

澄んだ海の色は、浅瀬ではまだらに緑がかり、沖へいくにつれ青を濃くしていく。秋晴れの空は遠くなるほど白味を帯びているので、濃紺で引いたような水平線がくっきり見えた。

突堤の先の消波ブロックでは白波が砕けているが、海岸に打ち寄せる波は時折り小さく巻くだけで、荒くはない。

階段状の護岸に沿って少し進むと、その先に砂浜が広がっていた。

百メートルほど先で、年配の男性が揚げ糸を引いている。何人かいるだろうと思っていたら、ぽつんと一人だけだ。凧は陸側から吹く風を受けて、海の上にあった。冬の前触れのように冷んやりとした、やや北寄りの西風だ。

緩やかな弧を描く浜は、そのずっと向こうまで続いている。広さの割りにひっそりとした印象を受けるのは、背後が切り立った崖になっているからだ。エメラルドグリーンの海と崖の上の緑が、白い岩肌と砂浜を挟んでいる。そのコントラストが絵のように美しい。

辰朗は、凧と海と崖とを順に眺めながら、何気なく男のほうへ近づいていった。

祝日の昼下がりで、天気もいい。とはいえもう十一月だ。犬を連れた女性の影が遠くで動いているだけで、遊びに来たような人の姿は見当たらない。地元の人にしか知られていない場所なのだろう。

走っているときに見たカーナビの地図には、〈長浜海岸〉とあった。北茨城市の北端にある。浜の先に見える岬を越えると、福島はすぐだ。

凧の男性は、糸巻きと呼ぶには立派すぎる、大ぶりのリールのような器具を持っていた。そこから出ている揚げ糸を、ハンドルを回して少しずつ巻き取っている。

凧はゆっくり下りてきた。男性は崖に向かって斜めに下がり、凧を砂浜の上まで引っ張ってくると、そのまま砂浜に着地させる。辰朗の前方三、四十メートルのところだ。風の向きと強さを読み切っているかのような、見事な技だった。

男性は糸を巻きながら凧のほうへやってきた。アウトドア用のグレーのジャケットに、きれいに折り目のついたスラックス。革の手袋をはめ、ベージュの帽子をかぶっている。

つばの下にのぞく髪は真っ白だ。七十二歳になる父親よりも、いくつか上だろう。その世代にしては背が高く、歩く姿にも真剣な顔つきにも、どこか品がある。

男性が凧の背骨をつかんで持ち上げようとしたとき、突風が彼の帽子を飛ばした。海に向かって転がっていくのを見て、辰朗の体が反射的に動く。砂を蹴って駆け寄り、波にさらわれる寸前でそれをつかんだ。

そのまま男性のもとへ行き、帽子を手渡す。男性はほとんど表情を変えずに、「これはどうも、すみません」と頭を下げた。短く言葉を返しながら、凧に目を向ける。

間近で見ると、やはり大きい。縦の長さは大人の背丈ほどもある。その伝統的な形からして、和紙と竹で組まれたものを想像していたが、まるで違った。生地も骨組みも、もっと現代的な素材でできている。太さ一ミリほどの揚げ糸も、木綿ではなく化学繊維だ。

「立派な凧ですね」辰朗は言った。「形は和風なのに、材料はハイテクというか」

「今は、軽くて丈夫な素材がいろいろありますから」凧についた砂を払いながら、男性が答える。「生地はリップストップナイロン。耐水性を高めるために、シリコンでコーティングしてあります。骨はカーボンロッド。揚げ糸は高強度ポリエチレン繊維です」

「特注品か何かですか」

「手作りですよ。こういう特殊なものは、自分で調整しながらでないと、なかなか」

遊びの域を超えていると思った。何に凝っているでもない自分にはよくわからないが、大人の趣味とはそういうものかもしれない。

「糸巻きも、こういうのは初めて見ました」

「市販のハンドウィンチを改造したものです。この手の糸巻きでないと、高く揚げたときに下ろすのが大変ですから」

低くこもった声と淡々とした口調が、不思議なほど心地よかった。長いドライブを一人続けてきて、どこか人恋しい。でも、ずかずかと踏み込んでこられたくはない。そんな気持ちを満たしてくれそうな相手に、つい問いを重ねてしまう。

「形は、六角形が一番いいんですか」

「先人の試行錯誤が生み出した形というのは馬鹿にできないものでね。六角凧は弱い風でもよく揚がるし、今どきの凝った凧と比べても安定性は極めて高い。海外でも『Ｒｏｋｋａｋｕ』と呼ばれてよく使われているんですよ」

「へえ、そうなんですか」

「それと、僕の父が、新潟の三条の生まれでしてね」

男性は自分のことを「僕」と言った。そのたたずまいによく合っていて、違和感はない。

「三条は、六角凧発祥の地と言われているんです。あそこではなぜか凧のことをイカと呼ぶんですが、三条凧（いか）合戦というケンカ凧の祭りもある。僕もそこで凧を仕込まれたものですから、六角以外はどうもね」

「お父さんに仕込まれたわけですか」

「いや、伯父や従兄弟に。父は僕が幼い頃に戦死しました。僕自身は東京生まれですが、空襲で焼け出されて、母と二人、何年か三条の父の実家で世話になっていたんですよ」

「そうでしたか」と言って、はたと思い至る。「てことは、この地元の方では――」

「いやいや」男性はかぶりを振った。「茨城でも、つくばには長くいましたがね。今は家内と二人、神奈川の大磯で隠居中です」

だったらなぜこんなところで凧揚げを、と訊ねようとすると、先に訊かれた。

「あなたは、この辺の方？」

「いえ――」何と答えればいいか考えながら、親指を南に向ける。「さっき、五浦（いづら）海岸のほうをまわってまして。海沿いの道からこの凧が見えたもので、ついふらっと」

常磐自動車道を北茨城インターで下りたのは、急に海が見たくなったからだ。福島に入る前に、太平洋を見ておきたかった。目当ての海岸があったわけではない。五浦がこの近辺の観光名所だと知ったのは、高速を下りてからだ。

「凧、お好きなんですか」男性が言った。

「そういうわけでもないんですが」苦笑いを浮かべ、言い訳めいた言葉を継ぐ。「子どもの頃は、冬休みによく揚げましたけど。ちょうどあの、三角形の凧が流行ってましたから。ほら、大きな血走った目が二つ描いてある……そう、ゲイラカイトだ」

当時としては最先端の、アメリカ生まれの凧で、一九七〇年代から八〇年代にかけて子どもたちを中心に一大ブームを巻き起こした。

「ありましたね。父上と揚げましたか」

「ええ、そうです」

言っているうちに、懐かしい記憶が甦ってくる。

ゲイラカイトは、父親が買ってくれた。揚げるときも、確かにいつも父が一緒だった。十分ほど車に乗って、町外れのだだっ広い駐車場まで行くのだ。

父に凧を持っていてもらい、糸巻きを持って走る。揚がっても揚がらなくても、楽しかった。たまに凧が勝手にどんどん揚がっていくと、体まで持っていかれそうで怖くなる。そんなときは父に糸巻きを託し、横で「もっと、もっと高く」と飛び跳ねた。

体が冷えてくると、自動販売機でココアを買ってもらうのがお決まりだった。父は缶コーヒーだ。並んでベンチに座り、それを飲むのも楽しみだった——。

真顔で小さくうなずいていた男性が、口を開く。

「あなた、今、お急ぎですか」

「いえ、とくには」

「ちょっと、手を貸していただけませんか。風がすごくいいので、もう一度揚げてみたいんです。今度は、測器を吊るして」

男性は、滝口と名乗った。

砂浜に敷いたビニールシートの上で、使い込まれた革のアタッシュケースを開き、梱包材に包まれた白い円筒形の物体を取り出す。

それが気象観測器だった。長さは四十センチあまりで、てっぺんに風速を測る小さな風車がついている。発泡プラスチックの筒形容器に収められているのは、気圧、温度、湿度の各センサーと、データ記録装置。これも凧同様、市販品を揃えて自作したらしい。

滝口は、気象学の元研究者だった。つくばにある気象庁気象研究所で研究官をしていたそうだ。定年退官した今も凧を使った気象観測を続けているのは、「凧揚げは趣味、観測は習慣」だからだという。

他の器材も並べて準備を続ける滝口に、辰朗は訊いた。

「研究者時代も、凧を使ってたんですか」

「ええ。研究テーマの一つとして、凧の有効性を研究していました。つまり、どんな条件なら凧を使うべきか。そのメリット、デメリット」

滝口は手を動かしながら答える。

「僕の専門は、高層気象観測でしてね。高層というのは、地面より上、せいぜい高度三十キロぐらいまで。その大気の状態を、どうやって調べようかという研究です。一般的には、気球を使うんですよ。ラジオゾンデという観測装置を吊るして、上空に放つ。気象庁では今も毎日十六カ所の観測所から飛ばして、予報に使うデータを取っています」

「毎日ですか。知りませんでした」

「ラジオゾンデが開発される前、一九三〇年代までは、実際に凧が活躍していたんですよ。これがなかなかのもので、ピアノ線の揚げ糸と電動ウィンチが使われるようになると、三千から五千メートル、最高で九千メートルまで揚がったそうです」

「そりゃすごい。ちなみにこの六角凧だと、どのぐらいまで揚がるんですか」

「気象条件にもよりますが、こういう手持ちの糸巻き器で一人でやるなら、四、五百メートルというところでしょうかね。高度が上がると風が強くなりますから、凧が壊れるリスクが出てきますし、揚げ糸の張力が増して下ろすのが大変になる。電動ウィンチを使えば、千メートル近くまで可能だとも言われていますが。

高さよりも、手軽さなんですよ、凧のいいところは。気球のように大がかりなものは、どこでも揚げられるもんじゃない。でも凧なら、アクセスの難しい場所へも人の手で持っていける。実際、南極や山岳、海上での気象観測には、今も凧が使われることがあるんです」

準備を終えると、滝口は片手にアルミ製の糸巻き器を持ち、もう片方の手で六角凧を持ち上げた。髪を軽く乱す程度の風が吹き続いている。凧を肩に背負うようにして風上に向かって歩き出し、途中で離して糸を繰り出す。ただそれだけで、凧はふわりと空に浮かんだ。

二十メートル近く揚がったところで、滝口が糸巻き器を辰朗に預けてきた。ハンドルにロックがかかっているので、それ以上糸は出ていかない。その分、さらに上昇しようとする凧に、糸巻き器を握る手が引っ張られる。

滝口は、凧へとのびる糸にカラビナを引っ掛けた。それを持って顔の高さに糸を引き下ろしながら、前に進む。凧から十メートルほどの位置まで来ると、そこに特殊な金具を取り付けて、円筒形の観測器を吊るした。それだけ離してぶら下げるのは、凧本体が生む気流の乱れを避けるためだそうだ。

カラビナを外すと、糸とともに観測器が滝口の頭上に跳ね上がった。揺れる観測器の頭で、風車がくるくる回っている。

辰朗から糸巻き器を受け取って、滝口が言う。

「助かりました。近くに人がいるときは、こうやって手を貸してもらうんですよ。誰もいなければ、糸巻き器をどこかに固定してやったりもするんですが」

「お安い御用でしたよ」もうお役ご免らしいが、すぐにこの場を離れる気にはならない。凧が上がっていくところを見届けたかった。

滝口はゆっくりハンドルを回し、糸を出していく。ところどころに塗られた赤色は、十メートルごとのマークだそうだ。次にそれが糸巻き器から現れたところで、彼はハンドルをロックした。ポケットから小さな双眼鏡のようなものを取り出し、凧に向ける。

「距離計ですか」辰朗は言った。レーザー距離計は、辰朗も仕事で使うことがある。

「仰角も測れます」滝口はレンズをのぞきながら答えた。「距離と仰角から、高度を割り出すんですよ」

「ああ、なるほど」

「凧が遠くなって距離計が効かなくなったら、揚げ糸の長さにたわみを考慮して距離を見積もります」

滝口は出た値をつぶやくと、今度は小さなノートを取り出して、時刻とともに書きつけた。それをすべて片手でやるのだから、慣れているとはいえ器用なことだ。

彼は再びハンドルを動かした。凧がするすると上昇する。糸が二十メートル出たら、距離計で測る。またハンドルを回して二十メートル繰り出し、距離計。それを黙って繰り返す。糸は仰角を増しながらのび、凧は沖に向かって離れていく。

辰朗は砂浜に腰を下ろし、青空へ昇っていく白い凧を見上げていた。

六角形の生地は風をはらみ、両側の縦の辺がたわんでいる。その下にぶら下がる観測器の筒もまだ何とか見える。あの頼りないほど小さな装置がこの大空で気象データを取り続けているというのが、何とも不思議だった。

凧はゆっくり天に吸い込まれ、やがてその形もぼやけてしまった。もう百数十メートルは揚がっている。子どもの頃ゲイラカイトをこんな高さまで揚げたことは、おそらくない。

それからしばらく糸を出し続けたあと、滝口はハンドルを回す手を止めた。凧はもう、かすかな点としてしか見えない。辰朗は腰を上げ、滝口の隣りへ行った。

「この辺にしておきましょうか」滝口が独りごとのように言う。

「どのぐらいまでいきました？」

「二百メートルちょっと、ですかね」首をこちらに回し、糸巻き器を差し出してくる。「もう少し揚げてみますか」

「え、私がですか？」

「大丈夫ですよ。凧はそこまで強くないし、安定しているようです」

恐る恐るそれを受け取った。さすがに引きは強いが、体がよろけるほどではない。ハンドルのロックを外すと、凧を受けた凧が糸を引き出していく。その感触に、自分でも驚くほど気持ちが高ぶった。

二十メートルほど糸をのばしたところで、ハンドルを止めた。横で空を見上げていた滝口が、静かに言う。

「最近は、ドップラーレーダーとかウィンドプロファイラーとか、電波を使った高層気象観測がいろいろありますし、人工衛星も充実している。現役時代には同僚に、今さら凧なんかやってどうするんだ、なんて陰口も叩かれましたがね。それでも僕は、凧が好きなんですよ。人間としての好奇心の——基本というのかな」

「基本、ですか」

「毎日、空や雲を眺めるでしょう。当然、そこの空気の感触を知りたくなる。どんな温度で、どんな風が吹いているのか。鳥ならその肌で感じられるのでしょうが、我々には羽がない。ならば何とかこの手を空までのばしたいという願いが、凧を生んだと思うんです。凧を揚げれば、上空の空気の感触が、糸を介して手に伝わってくる」

「確かに」今感じている引きは、自分の手の代わりに凧がつかまえている風の強さなのだ。

「だから、レーダーでも気球でもドローンでもなく、凧なんですよ」

＊

観測を終えて凧を下ろしたあと、滝口が水筒で持参したコーヒーをご馳走してくれた。コップは辰朗に渡し、滝口は魔法瓶から直接すすっている。まだ十分温かい。

ビニールシートに並んで座る滝口に、訊いてみた。

「滝口さんは、こうして日本中を観測して回ってるんですか」

「いやいや、普段は地元の大磯の海岸で、定点観測です。家内と車で遠出するときは、たまに凧も積んでいきますがね。旅先で気まぐれにデータを取ったところで、学問的な意味はありません。それでも揚げたら観測せずにいられなくなるのは、気象屋の性ですよ」

「じゃあ、こちらへも奥さんとですか」

「いや――ここへ来るときは、いつも一人です」

滝口はそこでコーヒーをひと口含み、訊いてくる。

「五浦海岸をまわってきたとおっしゃいましたが、観光ですか」

「そんな楽しいもんじゃありませんよ」自嘲するように唇を歪めた。「福島へ行く途中なんです。いわきを経由して……富岡町あたりまで」

「富岡町。原発のそばですね。お仕事で？」

「そうじゃないんですが……」

さっき出会ったばかりの人間にどこまで話したいと思っているのか、自分でもよくわからない。

「私も、ずっと原発で働いてきたんです。全然別の地方の。電力会社じゃなくて、地元の下請けの会社で」細切れの言葉で、少しずつ吐き出す。「なのに、今まで福島を見ずにきてしまったもので。あの事故以来、一度も――」

結局、一番大事なことは抜かしてしまった。その会社を、先月辞めたということだ。

福島の様子を見てくる――。そう口にしただけで、妻は猛反対した。廃炉関係の仕事をさがすとはっきり言ったわけでもないのに、「勝手に会社を辞めて、もっと危ない現場へ行くなんて、どうかしてる」と責め立てられた。

長女は中学二年で、長男はまだ小学五年。学校にも塾にも習い事にも、これからますます金がかかる。辰朗の両親を含む三世代分の家事をこなしながら、パートまで続けてきた妻の怒りがおさまらないのも、当然だ。

いわきで求人の状況を確かめてみるつもりではいる。だが、廃炉の仕事に就くという決心がついたわけではない。現場を見るのは、正直怖かった。放射線がではない。そこで廃棄物の山を目の前にしたら、原発のために働いてきた自分の二十五年間も完全に崩れて瓦礫になる。それに怯えているのだ。

入院中の父親にはまだ、退職したことを伝えていない。去年肺がんの手術を受けて以来、父は急に老け込んだ。手術は成功したし、今回の胸膜炎もがん性のものではないと説明を受けたのだが、当人は気弱になっている。今年の四月、課長になったと報告したときの父の喜びようを思うと、とても言い出せない。

決断したのは会社を去るということだけで、その先の覚悟は何も定まっていなかった。とにかく数日でいいから地元を離れたくなり、行き先を考えた。なぜか、「福島」の二文字が浮かんだ。いくら打ち消そうとしても、しつこく頭の中につきまとうのだ。

矛盾している気もする。少なくとも、前向きな旅ではない。もしかしたら心の奥底で、自らに最後の一突きのようなものを打ち込みたいと願っているのかもしれない。いつすべての片がつくとも知れない、福島第一原発のある地で。

「そちらの原発は、もう動いているんですか」滝口が言った。

「まだ審査中なんですが、年明けにも通るだろうと言われてます。地元の手続きが順調にいけば、一、二年のうちに再稼働ですね」

東日本大震災のあと、全国の原子力発電所はいったんすべて停止した。原子力規制委員会によって新たな規制基準が設けられ、それをクリアすることが求められたのだ。当時は脱原発一色だった世論も、震災から九年が経った今はすっかり興味を失ったらしい。いくつかの原発は審査に合格し、すでに運転を始めている。

「うちの親父なんか、大丈夫だからさっさと動かせって、しょっちゅう文句言ってますよ」

「父上も原発関係ですか」

「ええ、建設のほうですけど。自分たちが作ったプラントなんだからって、よくわからない自信があるみたいで」

福島第一であの事故が起きたとき、爆発して煙を上げる建屋の映像をテレビで見ながら、父親はひと言「ツキがなかったな」とつぶやいた。横にいた辰朗は「そういう問題じゃないよ」と訳知り顔で返しながらも、それが現実に起きていることだと受け止めきれずにいた。

辰朗は、原発の町で生まれ育った。家の二階から海のほうに目を向けると、湾の向こうに箱形の建屋がいくつも見えた。

父親は地元の小さな建設会社に勤めていた。現場はすべて原発関連施設だったので、父は発電所の社員なのだろうと子どもの頃は思っていた。他には漁業ぐらいしか産業はない。同級生の親たちも、たいていは原発に関わりのある仕事をしていた。原発のことを悪く言う大人は、辰朗のまわりにはほとんどいなかった。

父は、原発の建設に携わっていることに強い誇りを持っていた。とりわけ二号機の建屋については、「あれは父ちゃんが建てたようなもんだ」とことあるごとに聞かされた。祖父母と両親、自分と妹の六人家族が暮らしていけるのは、原発のおかげ。もちろん、ゲイラカイトやテレビゲームを買ってもらえるのも。親のそんな言葉を繰り返し聞いているうちに、自分も大人になればそこで働くのだろうと思うようになっていた。

誇りはあっても、父は所詮、孫請けの作業員だ。理不尽に冷遇されたり、無茶な工期を押し付けられたりと、悔しい思いもしたのだろう。息子が原発で働くなら、電力会社とまではいわなくとも、もっと力のある会社に就職してほしいと願っていた。辰朗もそれはよくわかっていたので、中学を出たあと県内の高等専門学校に進学し、機械工学の基礎を学んだ。

二十歳で高専を卒業し、地元の協力企業に就職した。原発メーカーの元社員が創業した、原発の保守・点検を専門におこなう会社だ。下請けには違いないが、電力会社の社員と一緒になって仕事をすることも多い。父は大喜びで、親戚や近所の人たちに自慢して回った。

入社すると、原子炉と発電プラントについて叩き込まれた。原発というのはあまりに巨大かつ複雑で、細部をいくら知っても、全貌をつかんだ気がしなかった。それでも先輩について現場に出ていれば、仕事のやり方だけは覚える。自分たちが原発の安全を守っているのだという自負も生まれてくる。

少しばかり経験を積み、考えついた点検方法の工夫などを上司に提案できるようになると、俄然仕事が面白くなった。五、六年経って、新人に指導する立場になる頃には、自分も技術者の端くれになったような気がしていた——。

「原発関係者がみんな——」滝口が言った。「あなたのような気持ちであればいいんでしょうが」

「私のような……どういうことですか」

「原発をまた動かし始める前に、福島を訪ねてみようという気持ちですよ」

「いや、私にそんな立派な思いなんかありませんよ」嘘ではない言葉を探して継ぐ。「ただ、不惑をとうに過ぎて、ぐずぐず迷っているだけです。迷った挙句、こんなところへ寄り道をしたりして」

海のほうを向いたまま言ったが、滝口に横顔を見つめられているような気がした。気づまりになって、ぬるくなったコーヒーをひと息に飲み干す。

視線を海に戻した滝口が、静かに口を開いた。

「迷うのはいつも、後世の人間だ。ご存じかもしれないが、十九世紀の末に物理学者ベクレルが放射線を発見したのは、偶然です。彼は、ウラン鉱石から精製した化合物を使って蛍光の実験をしている最中に、それが写真乾板を感光させることに気がついたとされている。ベクレルにしても、ポロニウムやラジウムを発見したキュリー夫人にしても、研究に熱中した動機はただの好奇心だったはずです。遥か上空の風を知りたいと僕らが思うのと、まったく同じ好奇心。自然の摂理を明らかにしたいという ね。

彼らは、それが原子力に応用できるということなど、考えもしなかったと思います。ついでに言うと、放射能の怖さについても理解していなかった。無防備に実験を続け、二人とも被曝が原因の病で亡くなったと言われていますから。キュリー夫人が使っていたノートは放射能汚染がひどく、今も危険で触れないそうですよ」

「――そうなんですか」

「人間に好奇心が備わっている以上、放射能の発見は、必然だった。そこにあるのは、自然の成り立ちを垣間見た喜びや、驚きや、畏怖だけで、迷いなどない。そして、いったん発見されてしまえば、それが何に利用できるか考え始めるのも、また人間というものなんでしょう。だからこそ、文明というものがある。

問題は、我々人間が、非常な危険をともなう使い方や、邪悪な使い道さえ思いついてしまうということです。思いついた以上、それを実現したいという好奇心を止めるのは困難だ。そして、一度その威力を知ってしまうと、簡単には捨てられない。迷いながらも、その度に言い訳を見つけ出し、決断を先送りにして、使い続ける。場合によっては、破滅的な被害が出たあとでさえ。その最も愚かな例が核兵器であり、最も無責任な例が、原子力発電ですよ」

「無責任……ですか」

「あなたを責めているわけじゃありません」滝口はゆっくり息をついた。「他人事のように傍観しているという意味では、みんな同じだ。それに、まず責められるべきは、僕ら科学の世界の人間でしょう。原子力にまつわる不都合な事実をよく認識していながら、見て見ぬふりを続けてきた」

――そうだろうか。

科学者を含め、一般の人々が見て見ぬふりを続けるのと、原発関係者がそれをするのとでは、次元が違う。とくに自分たち現場の従事者は、実際に日々原発に触れているのだ。その手触りに何か大きな危機を招きかねないものを感じたとき、そこから目を背けるような真似をすれば、責められるどころでは済まない。

福島第一の事故は、絶対に起きてはいけないことだった。あのあと当然ながら、現場の空気も変わった。だが大前提として、自分たちが原発を再び動かすために働いていることに変わりはない。日々の業務に追われて何年か経つうちに、辰朗の中で、起きてはいけないことが、起きるはずのないことにすり替わっていた。それは辰朗が、福島の現実というものに、本当の意味で向き合ってこなかったからに他ならない。

辰朗はこの春の人事で、保守管理課の課長に昇進した。抜擢でも何でもない。前任者が体を壊して退職し、課で次に年次が上だった自分にポストが回ってきただけだ。

電力会社の担当者をまじえて部長と点検計画を作成し、スケジュールを組んでそれを部下に割り振る。部下が書いてきた報告書をチェックし、部長に上げる。とくに必要がなければ、現場には出ない。典型的な中間管理職だ。

それは、九月半ばのことだった。未明に県一帯で地震があり、発電所のある地域でも珍しく震度4を記録した。その二日前から、二人の部下が原子炉建屋のまわりの配管を点検していたのだが、地震を受けて、念のため最初からやり直そうということになった。

午後になって、部下が携帯に電話をかけてきた。配管の継ぎ手の一つに、わずかな歪みがあるという。辰朗は現場に直行した。問題の配管は、「フィルターベント」と呼ばれる設備の一部だった。原子炉の炉心が損傷するような事故が起きたとき、炉内の蒸気を外に逃がすための装置だ。内部に放射性物質を低減するためのフィルターを備えている。その配管に不備があると、使用時に高濃度の放射性物質が大気中に漏れ出す恐れがあった。

部下たちは、前日に調べたときには歪みはなかったと主張した。つまり、それは地震によって生じたということだ。辰朗はすぐに帰社して部長に報告し、部下には報告書を作らせた。

そして、一週間後。部長から、社に一つだけある会議室に呼び出された。テーブルに置かれていたのは、辰朗が上げた報告書。そこに記された点検実施日の欄に指を置き、部長は「これ、一日前の日付に書き直してくれ」と言った。

一瞬、意味がわからなかった。眉間にしわを刻んだ部長の目を見て、やっと理解した。歪みは地震とは無関係で、継ぎ手の部品の不良か劣化によるもの。そういうことにしたいというのだ。全身が粟立っていた。

言葉を失い、その場に立ちつくしていると、部長は諭すように言った。新規制基準の審査も大詰めのこの時期に、震度4程度の地震で配管が傷んだというのはまずい。これは、電力会社の意向というだけでなく、うちの問題でもある。設計に問題があるんじゃないかと騒がれて、再稼働が延期にでもなれば、死活問題だ——。

部長は続けて、もっと恐ろしいことを言った。これは、重大な事故隠しなどとはまったく違う話だ。点検で見つけたひび割れの数を減らしたり、摩耗の程度を軽くしたりして報告書を作り直すのは、以前からよくあること。それはあくまで書面だけのことで、電力会社でも修理や交換はちゃんとやるのだから、問題はない。そして、報告書の調整は、課長であるお前の仕事だ——と。

電力会社からの指示やほのめかし。下請けとしての忖度。それらが長年かけて絡み合い、定着したのであろう隠ぺい行為だった。

辰朗はそのときになって初めて、現実に直面させられたのだ。その目で確かめ、その手で触れた、決して目を背けることのできない現実に。起きるはずのないことが、いつかどこかで起き得ることへと一転した瞬間だった。

眠れない夜が続いた。妻にも父にも友人にも、相談できるような話ではない。苦悶の数日間を経て、やはり日付の書き換えはできないと部長に告げた。すると翌日、社長から呼び出しがかかった。社長は憮然として、「地震前日の点検のときに、若い連中が歪みを見落としていた可能性だってあるだろう?」と言った。辰朗は震える声で、「私はあいつらを信じていますから」と答えた。同時に、もうこの会社にはいられないということを、はっきり悟った。

内部告発という言葉が頭をよぎらなかったわけではない。だがその度に、家族ぐるみで付き合ってきた同僚や部下、親しく酒を酌み交わした電力会社の社員の顔が浮かんだ。妻と子どもたちも、原発を中心としたコミュニティの中で生きている。狭い町のことだ。告発者だという噂が流れたら、もうここでは暮らしていけない。

そして、父。配管の歪みが見つかったのは、父の自慢の二号機だった。「フィルターベント」が設置されたのは、父が引退したあとのことだ。それでも、隠ぺいが明るみに出れば、そこは世間にとって、汚れた建屋になる。暴露したのが息子だと知ったら、父はどう思うだろう。

結局、黙って退職願を出すことしかできなかった。情けない話だ——。

「なんせ——十万年の話だ」滝口がぼそりと言った。

「十万年?」

「使用済み核燃料の放射線レベルが、原料となったウラン鉱石と同程度に下がるまで、十万年かかるんでしょう」

「ああ、そうらしいですね」

「チェルノブイリでも福島でも、近づけば数十秒で死に至るような、溶けた核燃料などがまだ原子炉の下にある。周辺も高濃度の放射性物質で汚染されている。それらがうまく取り除けない限り、影響はこの先十万年続く」

「福島第一は四十年以内に緑地に戻す計画だそうですが、そんなのできるわけないって、うちの現場ではみんな言ってます」

たとえそうだとしても、廃炉の現場は必死に知恵を絞り、汗と粉塵にまみれて戦っているはずだ。辰朗の知る限り、現場にいるのはほとんどが、そういう人間たちだった。

「四十年でも途方に暮れるような長さなのに」辰朗は力なくかぶりを振る。「十万年なんて言われたらもう、何も想像つきませんよ。笑うしかない」

「人類や文明の行く末については、僕も同じですがね」滝口がうなずいて言う。「我々気象や気候をやっている人間が、十万年と聞いてまず思いつくのは、氷期・間氷期サイクルです。過去百万年間の古気候を復元してやると、氷期と間氷期が交互におよそ十万年の周期で繰り返されている。

今は暖かな間氷期ですが、この先数万年かけて地球は寒冷化し、氷期に入っていきます。これは、地球の軌道変化による日射量の増減がおもな原因とされているので、避けようがありません。そしておそらく十万年後には、また温暖な時代が到来している。地表の様子はリセットされて、様変わりしているでしょう」

「何だか、壮大な話ですね」

滝口が腕をのばし、辰朗の手から空のコップを取った。水筒の口を閉めながら言う。

「元気なうちに、北欧を旅行して回ろうと思っているんです。家内がオーロラを見たがっていましてね。あなたが福島を見たいと思ったのと少し似たところがあるのかもしれないが、僕は、フィンランドのオンカロを訪ねてみたい」

「オンカロ……ああ」聞いたことがある。「原発の廃棄物の――」

「世界で唯一建設が進んでいる、地下処分場。フィンランド語で『洞窟』という意味だそうです。地下五百メートルまで坑道を掘り、使用済み核燃料などを特殊な材料で覆って埋める。いっぱいになれば、坑道を埋め戻し、地上の施設も解体して更地にしてしまう。要するに、何も無かったかのようにするわけだ。地下深くの放射性廃棄物は、十万年間、安全に隔離されると言われているそうです」

「管理はしないんですね。そりゃあ、無理な話か」

「写真で見る限り、針葉樹林と田園が広がる、美しいところでした。高緯度ですから、何万年後かに氷期になれば、厚さ二、三キロもの氷に完全に覆われるはずです。そして、十万年が経つ頃には氷も後退し、再び地面が現れる。緑が戻り、動物たちも帰ってくる。人間は、どうでしょう。生き残った人々がその地を訪れたとして、地下五百メートルに核のごみが大量に埋められていることなど、覚えているでしょうか。十万年の記憶などというものが、果たして――」

滝口はそこで言葉を止め、空を見上げた。いつの間にかずいぶん日が傾いている。辰朗は深く息をつき、同じ方向を見つめて言う。

「十万年前や十万年後を語るなら、放射能なんかじゃなくて、暖かいとか凍ってるとか、そういう話がいい。人間は、その好奇心ってやつを、そういうことだけに向けていられないんですかねえ。空とか風とか、のどかで平和なことに」

「平和なこと……」滝口はつぶやくように辰朗の言葉を繰り返した。

束の間沈黙したあとで、また口を開く。

「風も、平和に使われるとは限らない」

「え?」

「先の戦争でアメリカが原子爆弾を作り出そうとしていたとき、日本もまた、何とか戦局を好転させようと、独自の爆弾を開発していたんですよ。『風船爆弾』というのを、ご存じありませんか」

「ああ、知ってます。テレビで見ました。風船に爆弾を吊るして、アメリカまで飛ばそうってやつですよね。日本軍の苦し紛れの愚かな作戦、みたいな扱いだったと思うんですが」

「今は確かに、そういう見方をされることが多い。ですがあれは、馬鹿にして片付けられるようなものじゃないんです。もちろん兵器ですから、その存在を肯定するつもりはありません。ただ、風船爆弾は、日本発祥の科学と技術が、極めて日本的な方法で結晶化した、驚くべき産物でした」

そう言って滝口は、風船爆弾について詳しく教えてくれた。

それは、より正しく表現するならば、「気球兵器」だった。水素ガスをつめた直径十メートルの気球に焼夷弾と爆弾を吊るし、地上の基地から放つ。気球に太平洋を渡らせるのは、上空に常に吹いている強い偏西風——いわゆるジェット気流だ。高度一万メートル付近で偏西風に乗った気球は、およそ二昼夜かけてアメリカ本土の西岸まで到達し、そこで自動的に爆弾を投下する。

街の破壊や山火事の誘発も目的としていたが、一番の狙いは、アメリカ国民の間に厭戦感を引き起こすことだったらしい。

開発を担当したのは、秘密戦、謀略戦の研究を専門におこなっていた、陸軍登戸研究所。一九四三年から急ピッチで進められた開発は、大学の研究者や企業の技術者を含め三百人以上が関わった、一大プロジェクトだった。

気圧計を搭載した巧妙な高度維持装置や、氷点下五十度という外気に耐えられる耐寒電池など、当時としては最先端の技術が投入された一方で、気球の球皮には、和紙をこんにゃく糊で貼り合わせた生地が使われた。つまり風船爆弾は、文字通り〝紙風船〟だったのだ。

和紙とこんにゃく糊という日本の伝統素材が採用された理由は、調達が容易ということだけではない。重さ、耐圧性、水素透過性のすべての点において、ゴム製の気球よりも優れていたのだ。事実、飛来した風船爆弾を詳しく調べたアメリカの研究者は、和紙の球皮の質の高さに驚嘆したという。

日本各地の和紙産地に生産が命じられ、軍工廠や劇場、学校などでおこなわれた貼り合わせ作業には、女学生が動員された。厳しい納期に追われて長時間働かされたり、冷たいこんにゃく糊のせいで手が凍傷にかかったりと、かなり過酷な環境での労働だったそうだ。

「偏西風というのは、中緯度で一年中吹く風です」滝口が言った。「太陽があり、地球に大気があり、今の向きに自転している限り、必ず吹く。ただし、上空の偏西風は、冬にならないと強まらない。したがって放球は、一九四四年の十一月から始まりました。神風特攻隊が初出撃した、翌月です」

「もう戦争も末期ですね」

「放球基地は、太平洋に面した海岸に三ヵ所作られました。福島県の勿来（なこそ）、千葉県の一宮（いちのみや）。そして、本部が置かれたのが、茨城県の大津。つまり、今いる長浜海岸を含む、この一帯です」

「え、ほんとですか」思わずあたりを見回す。

「さっきあなたが見てきた五浦海岸に、岡倉天心や横山大観の別荘跡があったでしょう。そこが将校たちの宿舎になっていたそうです」

「へえ、そうなんですね。こんなところに、そんな歴史が――」

滝口は、辰朗が車を停めた駐車場のほうを指差した。

「すぐそこに、放球台の跡があるんです。興味があれば、案内しますが」

＊

歩いて十分ほどだというので、連れて行ってもらうことにした。

駐車場から陸側にこんもり茂る森の向こうらしいのだが、回り道をしないとたどり着けない。海沿いの道をいったん南に進む。

「放球は、一九四五年の四月までおこなわれました。五カ月と少しですね」歩きながら滝口が続ける。「その間に放たれたのは、およそ一万発。その一〇パーセント、一千発ほどがアメリカに到達したと推測されています」

「九割無駄になったわけですか。しかも、届いても大した戦果はなかったんですよね？　テレビでは確か、そんなことを」

「その見方も、少し違う。初めて見る不気味な気球兵器に、実はアメリカは驚いたんですよ。

西海岸の広い範囲に警戒網を張り、国民のパニックを怖れて報道管制を敷いた。事実、対策の指揮をとった米軍の将校は、戦争技術における目覚ましい一進展、大損害をもたらす可能性が非常にあった、などと手記に書いている。

　報道管制のせいで、被害も生じました。オレゴン州のブライという町で、ピクニックをしていた民間人が、松林の中に落ちていた風船爆弾に触れてしまったんですよ。爆発で六人が亡くなりました。五人は子ども、もう一人の女性は妊娠中だったそうです」

「――そうでしたか」

　途中で右に折れ、林の中の砂利道に入る。これが近道らしい。

「アメリカが過敏に反応した理由が、もう一つありましてね」滝口が言った。「生物兵器の搭載を恐れたんですよ」

「ああ、なるほど」

「そしてそれは、実際に日本軍の上層部の頭にもあった。さっきも言いましたが、風船爆弾を開発した陸軍登戸研究所は、秘密戦の研究機関です。当然、生物兵器の部署もある。そこを中心に、炭疽菌、赤痢菌、牛疫ウイルスなどを気球に搭載する研究が進められていました。とくに牛疫ウイルスについては、実用化できる段階にあったといいます」

「牛疫ってことは、牛に感染するんですか」

「そう、家畜を殺して打撃を与えようと考えたわけです。ですが結局、使われることはなかった。人道的な見地からではありませんよ。同様に生物化学兵器で報復されることを恐れたんです」

「もし使われていたら、それこそ愚かな作戦だなんて言ってられませんね」

「牛疫ウィルス搭載の研究には、その伝染病を防ぐ研究をしていた学者たちも協力しました。つまり、畜産業のために真摯に学問に取り組んできた研究者が、一転して家畜に危害を加えるための研究に巻き込まれていったわけです。おそらく多くの場合、本人の意思に反してね」

やがて、二車線の県道に出た。沿道の植え込みがきれいに整備されている。車の通りはほとんどない。北方向に戻るようにしばらく歩くと、滝口が歩道を逸れ、右手の草地に入っていく。

森の際まで進んだところで立ち止まり、滝口は「これがそうです」と地面を指差した。円形に打たれたコンクリートの低い台が、雑草に埋もれて残っている。直径十五メートルほどか。ふちのほうは崩れかけているものの、原形はまだとどめていた。

「看板一つないんですね」それは道沿いにも見当たらなかった。

「もう、忘れられようとしているんですよ。十万年どころか、たった七十五年前のことだというのに」

その場にしゃがんだ滝口は、ひび割れたコンクリートにそっと触れた。

「当時はこういう放球台が近辺に十八基あったそうです。気球をこの台にロープでつなぎ留め、水素ガスをつめる。六分目までしか入れません。上空へ行くにつれ気圧が下がり、ガスが膨張して丸くふくらんでいくんです。ですから、ここから揚がるときは、クラゲのようにひしゃげた形で空に浮かび上がった」

滝口につられて、辰朗も空を見上げる。

「放球されるのは、地上風の弱い明け方と夕方。当時を知る地元の人たちによれば、とても美しい光景だったそうですよ。次々と浮かび上がる白い気球が、朝日や夕日に染まって海の彼方へと流れていくさまが」

「地元の人たちは、それが何のための気球か知ってたんでしょうか。一応、極秘作戦だったんですよね？」

「薄々知っていたようですね。もちろん、箝口令は厳しく敷かれていましたが。ある人は学校の先生から、『あの気球は神風に乗って敵国をやっつけるのだ』と聞かされたそうです」

「また神風ですか」

辰朗が口の端をゆがめるのを見ていたかのように、突風が木々をざわめかせた。滝口は、風で浮いた帽子をかぶり直し、真顔で言う。

「神風が吹いていることを最初に突き止めたのは、日本の気象学者なんです」

「それは――偏西風のことですか」

「そうです。大正時代、高層気象台というのがつくばに作られましてね。今も、僕がいた気象研究所に隣接して建っています。その初代所長が、大石和三郎。彼はそこで、ゴム気球を使った高層風の観測を主導した。まだラジオゾンデがない時代でしたから、トランシットという位置測定用の望遠鏡で気球の行方を追いかけて、流されていく速さを求めたわけです。

当時の常識では考えられないような結果でした。冬の間、日本の上空一万メートル付近には、平均で秒速七十二メートルという極めて強い西風が吹いている。今でこそそれはジェット気流として知られていますが、まだそんな言葉はありません。アメリカ気象局でさえ、その高度の風速をせいぜい秒速十数メートルと考えていた。

大石さんはその論文を大正十五年――一九二六年に発表しましたが、世界の気象学界は見向きもしませんでした。のちの軍部にしてみれば、他国に知れ渡らなくて幸い、というところでしょうがね。大石さんにしても、まさか二十年後に自分の発見が神風扱いされることになるとは、思いもしなかったでしょう」

「てことは、軍がその風のことを知って、気球兵器を思いついたわけですか」

「ええ。ですが、気象庁——当時の中央気象台にも、風船爆弾でアメリカ本土に空襲をかけるというアイデアを温めていた人物がいました。荒川秀俊技師です。一九四三年の夏、荒川さんは陸軍の要請を受けて、その作戦が実行可能かどうかの基礎研究を始めることになる。つまり、気球を流す高度、適した季節、放球地、アメリカまでの所要時間、到達する確率などを調べたわけです。

荒川さんのチームは、古いものでも何でも、使える気象データを片っ端からかき集めました。そして、半年かけて膨大な量の計算をこなし、北太平洋の高層の気圧分布を求めたんです。今ならコンピュータで瞬時にできることですが、その時代は手回し計算機しかない。毎日毎日、計算機の回し過ぎで手が痛いと、父がよく母にこぼしていたそうです」

「え？　お父さん？」

「僕の父は、荒川さんのチームにいたんですよ。当時、中央気象台で技手をしていましてね。その前はつくばの高層気象台にいましたから、高層データに馴染みがあるだろうってことで、声がかかったんです。一九四三年ですから、父が二十九、僕が一歳ですか」

「そうだったんですか」そこではたと思い至る。確か、父親は幼い頃に戦死したと言っていたはずだが——。

「じゃあ、そのあと、召集されて戦地に？」辰朗は訊いた。

滝口は肯定も否定もせず、おもむろに首を回して県道のほうに目をやる。

「ちょっと、見てもらいましょうか」

つぶやくように言って、そちらに歩き出した。

県道を反対側に渡り、来たほうに五十メートルほど戻る。すると、右手の草地の奥、木々が生い茂る斜面の下に、立派な石塔が建っていた。正面に大きく〈鎮魂碑〉と彫られている。滝口のあとについて近づいていくと、その横に小さく刻まれた文字まで読み取れた。

「〈風船爆弾犠牲者〉」それを声に出した。

「父もその一人です。放球時に、事故がありましてね」

「え――」

言葉につまった辰朗に、滝口は静かに語り始める。

「父は、大学で物理をやったあと、気象台に入りました。最初に配属された高層気象台では、気球や凧を使った高層気象観測の仕事をしていたようです。四年ほどで東京の中央気象台に異動になって、母と見合い結婚をして、僕が生まれた。それから荒川さんのチームに呼ばれたことは、さっきお話ししたとおりです。

一九四四年になって結果がまとまり、風船爆弾作戦にゴーサインが出ると、チームは解散になりました。そのあと父は、陸軍の気象部に転属になったんです」

「軍にも気象部門があったんですか」

「もちろんです。とくに、航空機による作戦を展開するには、きめ細かな気象データが欠かせない。大戦中は、気象連隊が各地に展開して独自に気象観測をおこなっていました。国内だけでなく、中国、朝鮮、満洲、東南アジアでも。

風船爆弾の放球部隊は、気象状況によってその日の放球の可否を決めます。当然ながら、陸軍気象部と中央気象台の協力を仰いでいた。父は、新米の技術将校として、出来たばかりの放球部隊の本部、ここ大津基地に派遣されました。中央気象台に顔がきき、高層気象にも詳しい。たぶんそういうところを見込まれたのでしょう」

「じゃあ、毎日ここで気象観測をされていたんですか」

「いえ、まだ作戦が始まる前のことです。放球部隊の気象隊に指導をしたりしながら準備を進めていたのだと思いますが、詳しいことはわかりません。極秘作戦ですから、母も父が何の任務についているか、まったく知らされていなかった」

「居場所もですか」

「父から届いたはがきを見て、茨城にいることはわかったそうですが、それだけです」

はがきには、妻と幼い息子を気遣う言葉だけが綴（つづ）られていたのだろう。想像するだけで、胸がつまる。

不意に、単身福島で働く自分の姿がそこに重なった。仕事を終えて狭い部屋に帰り、家に電話をかける。そっちは変わりないか。子どもたちは――。

「つらいですね。声も聴けないなんて」

「そういう時代ですから」淡泊に言った滝口が、こちらに首を回す。「あなたのおじいさんは、戦争に行かれませんでしたか」

「母方の祖父は、早くに亡くなっていて。父方のほうは造船所の職人だったので、召集されないまま、終戦に」

「そうでしたか」

滝口は得心したようにうなずくと、また石塔に目を向けて、続ける。

「大本営から風船爆弾による攻撃命令が下ったのは、一九四四年十月末。翌十一月、いよいよ放球開始の日を迎えます。午前三時に準備が始まると、父は放球台の一つに向かいました。五浦の将校宿舎に一番近い台です。のちに聞いた話では、上官の指示で記録を取りにいったのではないかとのことでしたが、それだけではないような気が僕はする。きっと、気球が揚がるところを間近で見たかったんです。高層気象に携わってきた、一人の学究として。

そして、午前五時。本部から攻撃開始の指令が出ます。各放球台で小隊長が『放て！』と号令をかける。隊員たちが係留ロープを強く引くと、フックがはずれて気球が浮かび上がる。父はおそらく、真下まで近づいて見上げていたのでしょう。投下装置のあるゴンドラ部分が五メートルほど揚がったときです。突然、爆弾が抜け落ちた」

「ああ……」

「爆弾は地面で爆発。父の他に、三人の兵士が即死しました。数名が大怪我です」

「――むごい」

「放球開始は数日延期になり、同じような事故を防ぐため、部隊は大急ぎで投下装置の改修に取り掛かりました。四人の葬いをする余裕はなく、遺体は丘の斜面の穴で焼かれたそうです。実は、その事故の二日前、勿来基地でも器材の準備中に暴発事故が起き、三人が亡くなっていました。こうしたことは、他の基地の兵士たちには知らされず、死んだ者の名前を口にすることも固く禁じられた」

「機密保持、ですか」

「事実は、我々遺族にも隠されました。のちに遺骨の一部だけは送られてきましたが、伝えられたのは、『戦死』ということだけ。父がどこでどうやって亡くなったのかは、誰からも知らされなかった。

そして、終戦。混乱が落ち着くと、母は陸軍気象部や中央気象台にいた父の元同僚たちの居場所を調べ、父の死について何か知らないか訊ねて回りました。数年かけてわかったことは、父が大津基地で気球兵器の作戦に従事していたということと、放球時の事故で死んだということ。どこに埋葬されたかなどは、わからなかった」

「戦後になっても、難しいことだったんですね」

「そもそも、風船爆弾に関しては、情報が極端に少ないんです。終戦とともに書類や器材はことごとく焼かれ、関係者は口を固く閉ざした。理由の一つは、生物兵器の件です。戦犯に問われかねないようなことについて、積極的に明かす人はいない」

「なるほど、そういうことか」

「もちろん僕はまだ子どもでしたから、母からそういう話を聞かされただけです。父との記憶も何一つありませんが、むしろそのことが、僕を気象へ向かわせたのかもしれない。大学なんて余裕はありませんでしたから、高校を出たあと、気象庁の研修所に入りました。技官の養成所です。そのあと運よく、出来たばかりの気象大学校に入ることができましてね。研究者の道へ進んだ。

勤めることになった気象研究所は、茨城です。一年目の夏、思い立って、父が亡くなったこの土地を訪ねました。その頃は他にもいくつか放球台が残っていると言われていましてね。畑や林の中を探し歩いていると、近所のお婆さんに声をかけられたんです。僕が事情を話したら、小高い丘のほうへ案内されました。藪を分けて斜面を上っていくと、そこにあったのは放球台ではなく、土まんじゅうと数本の卒塔婆でした」

「それが、お父さんの――」

「気球の事故で亡くなった兵隊さんたちが埋められている。どこの誰かはわからない。お婆さんはそう言いました。彼女はずっと、見ず知らずの犠牲者たちのために線香や花を供え、草を刈って、そこを守ってくれていたんです。僕はお婆さんに精一杯の感謝を伝え、その場にひざをついて、土まんじゅうに手を合わせました。やっと会えました――とね」

滝口は供物台に手をのばし、落ちていた枯れ葉をつまんで捨てた。両脇の花立てに挿さった菊とコスモスは、まだ供えられたばかりのように瑞々しい。

「この慰霊碑は、二十年ほど前に、地元の方々が建ててくださいました。毎年この日は、ここへ来ることにしているんですよ」

「この日？」もしかして、今日は――。

「十一月三日。事故の起きた日。父の命日です」

「――そうだったんですね」

滝口は上着のポケットから一枚のモノクロ写真を取り出した。

「父と、僕です」

和服の若い男性が柔らかな笑みを浮かべ、よだれかけをした男の子を膝にのせている。まだ一歳ぐらいの滝口は、小さな手に何か握っていた。

「これ、糸巻きですか」

「ええ。三条の六角凧が、後ろに立てかけてあるでしょう」

「あ、ほんとだ」浮世絵のようなものが描かれている。「かっこいいなあ」

この父親は、息子と凧揚げができる日を、どれほど心待ちにしていたことだろう。そして、息子もまた――。

「僕が、気象研究所で凧を使った研究を始めたとき、よく隣りの高層気象台まで行ったんですよ。昔の資料をさがしに。あそこでは大正から昭和初期まで、凧を使ったルーチン観測をやっていましたから。その頃は電動ウィンチを備え付けた、回転式の凧揚室までありましてね。ある時、昭和十年代の資料を漁っていたら、偶然父が書いた報告書を見つけたんです。気球と凧の観測データを比較したものでした。当時はちょうど、気球にラジオゾンデを組み合わせた新しいシステムが使われ始めた頃だったんですが、父の書きぶりが可笑しくてね。あからさまに凧に肩入れしてるんですよ」

「地元びいきですか」思わず笑ってしまう。

「それを見て、思いました。やっぱり父は、ずっと凧を揚げていたかったんだな、と。気球ではなく」

滝口の「気球」という台詞の向こうに、風船爆弾が透けて見えた。彼の父親もまた、自分の大切な世界を戦争に差し出すことを余儀なくされた一人なのだろう。

「ですから――」滝口は顔を空に向けた。

「ここへ来たときは、必ず凧を揚げるんです。父に見せてやりたくてね」

駐車場まで戻ってきたところで、滝口と別れた。彼は、もう一度凧を揚げてから帰ると言っていた。

辰朗は、すぐ車には乗り込まず、自動販売機で缶コーヒーを買った。もう日が暮れるが、急ぐことはない。今夜は近くの民宿にでも泊まって、福島には明日入ればいい。

　ミニバンのフロント部分に腰でもたれかかり、海を眺める。

後ろから差す夕日が、遠くの空に薄くのびる雲をオレンジ色に染めていた。さっきまで突堤の先にいた釣り人は、もういない。ただ風だけが、まだ西から吹いている。それに乗って、かすかに冬の匂いがした。

　無糖のコーヒーをすすり、どうでもいいことを思い出す。昔、凧揚げに来た駐車場で父にひと口飲ませてもらった缶コーヒーは、大人の味がした。だが今思えばあれは、砂糖たっぷりの甘いコーヒーだ。

　スマートフォンを取り出し、〈ゲイラカイト〉と検索してみる。意外なことに、まだ売られていた。どうしても一つ欲しくなった。

　手に入れたら、子どもたちを誘ってみてもいい。凧揚げなど、二人ともほとんどやったことはないはずだ。少なくとも、一緒に揚げた記憶はない。滝口が容易(たやす)く揚げるの見て、今なら教えてやれるような気になっていた。

　五年生の息子は乗ってくるかもしれないが、中学二年の娘には無視されるに決まっている。欲しい洋服を一枚買ってやると言っても、来ないだろうか。

　子どもたちは「なんで急に凧なの？」と訊いてくるだろうから、滝口のことを話してやろう。そして、これから訪れる福島でのことを、聞かせてやろう。たとえ何も伝わらなくても、今は構わない。いつかその意味を感じ取ってくれるような生き方を、父親である自分が見せてやればいい。

　格好つけすぎか。まだ何か腹を括(くく)ったわけでもないのに――。一人苦笑いして、コーヒーを飲み干した。

左手の浜の上空に、白いものが見えた。滝口の凧だ。風を受け、沖に向かってどんどん揚がっていく。

その上空には、強い偏西風が吹いている。

七十五年前も、今も。

大地が、森が、海が、人間たちがどうなろうとも、速く冷たく吹き続けている。

十万年後の西風も、澄んでいるだろうか。

凧が夕日を浴びて、ピンク色に輝いた。

あとがき

第一話「八月の銀の雪」の執筆に際しては、金沢大学の隅田育郎さんにご助言とご協力をいただきました。

第二話「海へ還る日」は、国立科学博物館委託標本作製師、渡辺芳美氏のご活躍に感銘を受けて書いたものです。渡辺氏は、剝製や標本の他、学術的価値の高い生物画を数多く手がけられ、中でも「世界の鯨」ポスターは第一級の資料として各地の研究現場で使われています。小説に登場する「宮下和恵」という人物に設定した経歴や私的なプロフィールは、渡辺氏と一切関係ありません。

また、同作中で語られる「〝ヒト山〟と〝クジラ山〟」についての言説（一〇六―一〇七頁）は、動物写真家・ジャーナリストの水口博也氏の著作（参考文献参照）における論考に、一部筆者なりの解釈を加えたものです。

第四話「玻璃を拾う」に登場する「珪藻アート」の作品群は、日本における第一人者、奥修氏による写真集を参考にしてイメージを構想したものです。作品の製作方法、珪藻の採集方法に関する記述も、奥氏の著作に基づいています（以上、参考文献参照）。

この場を借りて皆様に厚く御礼申し上げます。ありがとうございました。

参考文献

『コンビニ外国人』芹澤健介著　新潮新書（二〇一八）
『世界と科学を変えた52人の女性たち』レイチェル・スワビー著　堀越英美訳　青土社（二〇一八）
『イルカ・クジラ学　イルカとクジラの謎に挑む』村山司、中原史生、森恭一編著　東海大学出版会（二〇〇二）
『「イルカは特別な動物である」はどこまで本当か　動物の知能という難題』ジャスティン・グレッグ著　芦屋雄高訳　九夏社（二〇一八）
『オルカ　海の王シャチと風の物語』水口博也著　ハヤカワ文庫NF（二〇〇七）
『クジラは昔　陸を歩いていた　史上最大の動物の神秘』大隈清治著　PHP文庫（一九九七）
『鯨類学』（東海大学自然科学叢書3）村山司編著　東海大学出版会（二〇〇八）
『国立科学博物館のひみつ』成毛眞、折原守著　ブックマン社（二〇一五）
『ここまでわかったイルカとクジラ　実験と観測が明らかにした真の姿』村山司、笠松不二男著　講談社ブルーバックス（一九九六）
『シートン動物記4　動物の英雄たち』アーネスト・T・シートン著　藤原英司訳　集英社（一九七二）
『伝書鳩　もうひとつのIT』黒岩比佐子著　文春新書（二〇〇〇）
『鳥！　驚異の知能　道具をつくり、心を読み、確率を理解する』ジェニファー・アッカーマン著　鍛原多惠子訳　講談社ブルーバックス（二〇一八）
『レース鳩　知られざるアスリート』吉原謙以知著　幻冬舎ルネッサンス（二〇一四）
『海と陸をつなぐ進化論　気候変動と微生物がもたらした驚きの共進化』須藤斎著　講談社ブルーバックス（二〇一八）

『珪藻観察図鑑 ガラスの体を持つ不思議な微生物「珪藻」の、生育環境でわかる分類と特徴』南雲保、鈴木秀和、佐藤晋也著 誠文堂新光社（二〇一八）

『珪藻美術館 Diatoms Art Museum』写真・文・奥修 旬報社（二〇一五）

『珪藻美術館 ちいさな・ちいさな・ガラスの世界』文・写真・奥修 月刊『たくさんのふしぎ』四一一号 福音館書店（二〇一九）

『気象庁物語 天気予報から地震・津波・火山まで』古川武彦著 中公新書（二〇一五）

『手作り人工衛星 カイト・フォト 凧による地上探査』室岡克孝著 NTT出版（一九八九）

『風船爆弾 最後の決戦兵器』鈴木俊平著 光人社NF文庫（二〇〇一）

『風船爆弾』福島のりよ著 冨山房インターナショナル（二〇一七）

『風船爆弾 純国産兵器「ふ号」の記録』吉野興一著 朝日新聞社（二〇〇〇）

『ぼくは風船爆弾』高橋光子著 潮ジュニア文庫（二〇一八）

『陸軍登戸研究所と謀略戦 科学者たちの戦争』渡辺賢二著 吉川弘文館（二〇一二）

『陸軍登戸研究所〈秘密戦〉の世界 風船爆弾・生物兵器・偽札を探る』山田朗、明治大学平和教育登戸研究所資料館編 明治大学出版会（二〇一二）

『［決定版］原発の教科書』津田大介、小嶋裕一編 新曜社（二〇一七）

『〝福島原発〟ある技術者の証言 原発と40年間共生してきた技術者が見た福島の真実』名嘉幸照著 光文社（二〇一四）

『ふくしま原発作業員日誌 イチエフの真実、9年間の記録』片山夏子著 朝日新聞出版（二〇二〇）

「クジラが泳ぐ アートの海」朝日新聞 二〇一九年五月十五日朝刊

「世界の鯨」ポスター第四版 絵・渡辺芳美 編集・宮崎信之、山田格 監修・国立科学博物館 全国科学博物館振興財団（二〇一四）

「データで見る脳の違い」C・C・シャーウッド 『日経サイエンス』四八巻一二号 日経サイエンス社（二〇一八）
「渡り鳥の光化学コンパスと分光測定」前田公憲 『化学と教育』六四巻七号（二〇一六）
「係留気球搭載型気象センサーの製作」下山宏、藤田和之、中坪俊一、小野数也、中鉢健太、新堀邦夫 北海道大学低温科学研究所 平成21年度技術部技術発表会（二〇〇九）
「第九陸軍技術研究所における風船爆弾の研究・開発に協力した科学者・技術者」松野誠也 『明治大学平和教育登戸研究所資料館館報』第四号（二〇一八）
「風船爆弾作戦の遂行と終結」塚本百合子 『明治大学平和教育登戸研究所資料館館報』第二号（二〇一六）
「地球の中心〝コア〟への旅」サイエンスチャンネル
https://sciencechannel.jst.go.jp/A096201/detail/A096201001.html
「勤続半世紀、国立科学博物館の〝必殺仕事人〟が描いた『世界の鯨』ポスターに秘められた物語」
あだちまる子 ねとらぼ https://nlab.itmedia.co.jp/nl/articles/1811/03/news003.html
「ザトウクジラの骨格掘り出す 宮崎の乙島で学習会」日本財団ブログ・マガジン
http://blog.canpan.info/koho/archive/449
「千葉県館山市からのおくりもの ～新博物館資料収集・ザトウクジラ全身骨格～」日々のなごはく
名護博物館ブログ http://nagohaku.hatenablog.com/entry/20131221/1387622995
「迷子クジラ骨格標本に」海と日本ＰＲＯＪＥＣＴ ｉｎ とくしま
https://www.youtube.com/watch?v=vzZKzcQ7cBU
東京港野鳥公園 http://www.tptc.co.jp/park/03_08
日本鳩レース協会 http://www.jrpa.or.jp
気象庁高層気象台 https://www.jma-net.go.jp/kousou

Breuer, D., Rueckriemen, T. and Spohn, T. (2015) Iron snow, crystal floats, and inner-core growth: modes of core solidification and implications for dynamos in terrestrial planets and moons, *Progress in Earth and Planetary Science*, vol. 2, no. 39

Kölbl-Ebert, M. (2001) Inge Lehmann's paper: "P’"(1936), *Episodes*, vol. 24, no. 4

Sumita, I. and Bergman, M. (2015) Inner-Core Dynamics, *Treatise on Geophysics*, vol. 8

Zhang, Y., Nelson, P., Dygert, N. and Lin, J.-F. (2019) Fe Alloy Slurry and a Compacting Cumulate Pile Across Earth's Inner-Core Boundary, *Journal of Geophysical Research: Solid Earth*, vol. 124, issue 11

Totems, J. and Chazette, P. (2016) Calibration of a water vapor Raman lidar with a kite-based humidity sensor, *Atomospheric Measurement Techniques*, vol. 9

Varley, M. J. (1997) The use of kites to investigate boundary layer meteorology, *Meteorological Applications*, vol. 4, issue 2

Bolt, B. A. (1997) Inge Lehmann, Contributions of 20th Century Women to Physics
http://cwp.library.ucla.edu/articles/bolt.html

Jack Oliver - Session II, Oral History Interviews, American Institute of Physics
https://www.aip.org/history-programs/niels-bohr-library/oral-histories/6928-2

Sardelis, S., Why do whales sing?, TED Ed
https://ed.ted.com/lessons/how-do-whales-sing-stephanie-sardelis

本書は書下ろしです。

装画　草野　碧
装幀　新潮社装幀室

伊与原 新 （いよはら・しん）
1972年、大阪生れ。神戸大学理学部卒業後、東京大学大学院理学系研究科で地球惑星科学を専攻し、博士課程修了。2010年、『お台場アイランドベイビー』で横溝正史ミステリ大賞を受賞。2019年、『月まで三キロ』で新田次郎文学賞、静岡書店大賞、未来屋小説大賞を受賞。他の著書に『青ノ果テ　花巻農芸高校地学部の夏』『磁極反転の日』『ルカの方舟』『博物館のファントム』『梟のシエスタ』『蝶が舞ったら、謎のち晴れ　気象予報士・蝶子の推理』『ブルーネス』『コンタミ』がある。

八月の銀の雪

著者
伊与原 新

発行
2020年10月15日

3 刷
2021年 1 月30日

発行者 佐藤隆信
発行所 株式会社新潮社
〒162-8711 東京都新宿区矢来町71
電話 編集部 03-3266-5411
読者係 03-3266-5111
https://www.shinchosha.co.jp

印刷所
錦明印刷株式会社
製本所
大口製本印刷株式会社

乱丁・落丁本は、ご面倒ですが小社読者係宛お送り下さい。
送料小社負担にてお取替えいたします。
価格はカバーに表示してあります。

ISBN978-4-10-336213-5 C0093